"十四五"
国家重点图书
出版规划项目

国家出版基金项目

毛主席的好战士

胡 月 ———— 著

中国青年出版社

人民英雄 国家记忆文库

指导单位

共青团中央

发起单位

国防大学军事文化学院

中国青年出版总社有限公司

学术支持单位

中国作家协会军事文学委员会

中国当代文学研究会军事文学委员会

总策划

张启超　董　斌　皮　钧　陈章乐

策　划

侯健飞　李师东

主　编

李师东　侯健飞

统　筹

侯群雄

雷锋(1940年—1962年)

总　序

◆徐怀中

我们这一代人成长在战争年代，那时山河破碎，民不聊生，是党在抗日根据地设立了免费高小，我才有机会去上学，后来考上边区政府开办的太行第二中学，算是有了点文化。毕业后，是党带领我走上革命道路，我跟随刘邓大军挺进大别山，开始了军旅生涯，后来长期从事写作、文化工作，再也没有离开过部队。

回首往事，许多的人和事历历在目。中国共产党的奋斗路、奋进路来之不易，中华民族的独立自由解放来之不易，新中国的成立、建设、发展来之不易，改革开放以来取得的成就来之不易，今天的幸福生活来之不易，无数的仁人志士、先贤先烈、英雄楷模为之奋斗、奉献，甚至牺牲，他们永远值得我们去纪念、缅怀、学习。

2019年底，国防大学军事文化学院、中国青年出版总社联合发起大型图书创作出版工程"人民英雄——国家记忆文库"，致敬先烈，献礼党的百年华诞，我得知后感到很欣慰。是的，我们走得再远、走到再光辉的未来，也不能忘记走过的过去，不能忘记为什么出发。

今年恰逢中国共产党成立100周年，习近平同志在党史学习教育动员大会上强调，要教育引导全党大力发扬红色传统、传承红色基因，赓续共产党人精神血脉，始终保持革命者的大无畏奋斗精神，鼓起迈进新征程、奋进新时代的精气神。"人民英雄——国家记忆文库"的创作出版正当其时，为培养新时代合格社会主义建设者和接班人培根铸魂，为担当复兴大任的青年一代筑牢信仰之基，补足精神之钙。

讲好英雄故事，弘扬英雄精神，重点在"讲"，难点在"讲好"，关键是"弘扬"。大规模组织作家书写英雄、讴歌英雄，这是在新的时代背景下的一次有益的探索，也是文化工作者的优良传统。参与此次创作的有不少是军内外知名作家，他们怀着对革命英烈的一份最真挚的感情，克服新冠肺炎疫情带来的困难，不辞辛劳，深入革命纪念馆、烈士陵园采访调查，多方搜集素材，反复打磨，精心创作。经过各方面的努力，文库第一辑将陆续出版。第一辑有我党早期领袖李大钊、瞿秋白等，有革命战争年代的著名英烈方志敏、杨靖宇、赵一曼、张思德等，有青年英雄刘胡兰、雷锋等，还有新时期的英模焦裕禄、谷文昌等，毫无疑问，他们都是中国共产党最优秀的党员，是中华民族最优秀的儿女。他们永远值得大书特书！

作为一个年过九旬的老党员、老战士、老作家，我对英烈们的事迹都很熟悉，但阅读了作品后，依然心潮澎湃，感动不已。这些作品思想性、文学性、故事性、可读性强，既写出了英烈的光辉故事，也写出了英烈精神的传承故事，独具匠心；同时，很多作品充分利用纪念设施和相关文物，在物中见人见事见精神，在人、事、精神中见物，相得益彰，历史感、现场感强，让英雄人物和他们的精神品格在文学叙述中活了起来。

在中国共产党百年华诞的光辉历史时刻，国防大学军事文化学院组织创作了这套文库，用文学的方式回溯党史、军史，十分可贵，这是对我们伟大的党的最好礼赞，是为中国革命史做出的巨大贡献。中国青年出版社是红色出版的主阵地，《红旗飘飘》《红岩》《红日》《红旗谱》《创业史》等早已载入新中国文学史、出版史，影响了一代又一代人。我青年时期创作的长篇小说《我们播种爱情》最初就是由他们出版的。这一次军地联合行动，成果丰硕。我相信，随着第一辑的创作、出版，后续第二辑、第三辑的创作、出版会更有经验和信心，更多先烈的英雄事迹将栩栩如生地呈现在读者面前。

英雄永生的地方，就是我们的来处，就是我们的历史，就是我们的文化，就是我们的根，也是我们这个党、这个国家、这个民族自信的源泉。为英雄立传，为民族立心，为社会铸魂，功在千秋，善莫大焉。在此，对"人民英雄——国家记忆文库"的创作、出版致以敬意和祝贺。

是为序。

2021 年 6 月 18 日

目录
Contents

楔　子 ———————————————— 001

第一章　老　屋 ———————————— 003

第二章　课　桌 ———————————— 028

第三章　《毛泽东选集》———————— 057

第四章　拖拉机 ——————————— 084

第五章　水泥被子 —————————— 104

第六章　入伍通知书 ————————— 136

第七章　13号汽车 —————————— 157

第八章　烈士墓 ——————————— 231

后　记　相　遇 ——————————— 251

楔子

我要讲的,是一个所有人既熟悉又陌生的故事。

我不曾见过他,但他生活在我身边的每一处——那些有光的地方,或者那些需要被点亮的暗夜里。

虽然我们出生的时光整整相差 50 年,但每当我闭上眼睛,寻着那气味,就可以闻到他身上简单、明亮的惬意,近似于触摸他的皮肤,斜挂的刘海、蜿蜒的眼眉、轻快的脚步,他从我身边倏地跑过,就像在冬日温暖、干燥的旧厨房里。

如果他还在,2020 年的冬天,他已进耄耋之年。

如果他还在,那些对于他的思念,就会像放进水里的冰,变得流动而温暖,那些疼痛便会轻一些、再轻一些。

但是,世界上所有既定事实最不允许的,就是"如果"的存在。

1962 年,他牺牲的时候,我的父亲还未出生。这么多年过去,我们的下一代,依旧在讲述他的故事。他到底是怎样的一个人?22 年的生命时光,却有超出常人数倍的生命热度。我想,这并不是偶然。他的出现,并非哪个作家或剧作家苦思冥想的杰作。直到今天，我们依旧在呼唤着他的名字——雷锋。

雷锋，你听见了吗？

第一章 老屋

我想，我又要走近他了，一如在我的学生时代，老师口中、黑板上、连环画里描绘出有关他的样子。只是这一次，他的轮廓更加清晰，我能触到他那蓬勃跳动的心脏，从两侧鬓角流出豆大的汗珠，感受到他的呼吸与脉搏。

现在，我就站在他曾住的那间老屋的旁边，那间在过去的半个多世纪里被拆毁了又重建的老屋旁边。那是现在隶属于湖南省长沙市、在湘江下游的一处地方，灰黑色的屋檐用茅草搭建，土黄色的砖块堆成了的一个简单的老屋。

年复一年，在他成长的日子里，那些随风而散的凄楚光阴，经历了洗涤、去污、刮落、重塑，悠远的记忆一下子扑面而来。我看见他了，那个奔跑而来的孩子。

我在2020年8月的沈阳，"目睹"了73年前发生在湖南望城这个孩子身上的一切，他此时还一无所知。马上，他将变成一个孤独的人，一个失去家人的孤儿，而他，仅仅7岁。

就在中秋节晚上，雷锋的母亲将自己仅剩的这个孩子叫到身边，抑制着巨大的悲苦，说："你今晚就到六叔祖母家

★ 雷锋故居。

去睡吧！妈妈出去有点事，明天就回来。"小雷锋并不知道母亲说这番话意味着什么，他只是听从母亲的话到六叔祖母家去了。

年幼的雷锋永远也想不到，这是母亲与他的最后诀别。在他余生的15年光阴里，中秋节变成他内心深处永远的疼痛。如果他知道接下来将要发生的事，我想，小雷锋无论如何也不会这样毫无预兆地走出家门。第二天早晨，雷锋的堂叔雷明义被雷锋的哭喊声叫去，他回忆着：

> 第二天一清早，小雷锋跑回家，看妈妈回来没有，门闩得紧紧的，小雷锋怎么也弄不开。他急忙跑去喊我，我到他家使劲把门撞开，只见他妈妈已吊死在房梁上了。小雷锋猛扑上去，紧紧抱住妈妈的双腿，拼命哭喊着："妈妈！妈妈！你到底怎么了？"可是他妈妈再也听不到年幼的儿子的呼喊了。

屋中安安静静，徒留着凄楚。

如果世间的疼痛可以用肉眼看见，那么年幼丧母就是心中随时可以长出来的刺，在思念或看见与母亲有关的一切场景时，心都会渗出血来……

为什么？为什么会这样？

它是雷锋的含血含泪之问，也是我们的含泪之问。

作为母亲，难道她不疼爱自己的孩子吗？她舍得自己的孩子吗？是什么，让她如此决绝？

她在离开之前，想得最多的又是什么？

一直以来，我都在试图走进雷锋母亲的内心，尤其是准备写下这篇关于雷锋的文字的时候；尤其是我结了婚、准备要一个属于自己孩子的时候。说实话，我不能理解，即使我把自己全然清空，试图只装下她和她的故事，我也不能理解她的决绝与不顾。她为什么如此"不珍惜"自己的生命；怎能抛下幼小无力的孩子做出那样的选择……我反复掂量，让自己换位，进而反复进入到"那个时代"：我不得不承认，我和那个时代是有隔膜的，我体验不到那种贫穷所带来的愁与苦，也体验不到那种日积月累所带来的无力感。雷锋母亲的"离别"，一定是她经过了深思熟虑之后的选择，不是一时的冲动，而这个"不是"，则更让人心痛。

我在这间老屋旁转了几圈，那条当年送雷锋母亲离开人世的上吊绳，还直直地挂在老屋的横梁上，空空荡荡。我抬头，来到了1910年的望城。也许，我们应该把目光拉得更长一些，看看她的经历和生活吧！

没有人在意是这一年的几月，就像在那个受重男轻女封建思想影响很深的年代里，一个女孩的降生，并不会给一个家庭带来多少期盼一样，在望城县霞凝港一个十分贫穷的铁匠家里，雷锋的母亲张元满，作为张家的第八个孩子，出生了。

张元满，父母给她取名元满，只是希望以后不要再生了。在那个全家都靠父亲张春华打铁维系的家庭里，已经没有更多的口粮留给这个刚来到世上的小女儿。没过多久，张元满就和姐姐一样，被父母送到了长沙的一家育婴堂。

幸运的是，张元满天生惹人怜爱，本县坪山的杨一娭[①]作为育婴堂的女用人，她将张元满抱回家抚养，借此，她也可以每月换取几个油盐钱。就这样，张元满在杨一娭的抚养下长到6岁，直到这一家有了自己的孩子。

可以想象，当寄养的家庭里有了自己的亲生骨肉后，领养的那个孩子，仿佛瞬间就会变成一条珍珠项链里多出来的珠子，无论色泽还是圆润度，都和整个家庭匹配不上了。

更何况在那样的年代，多一张嘴就多了一份生活的辛劳，杨一娭一家生活日益艰难，她又不愿将张元满这个自己一手带大的孩子，送回育婴堂受罪。摆在她面前的一半是不舍，一半是生活。这个早已没有能力抚养更多孩子的女人，最终选择了向生活低头。

在杨一娭苦思冥想了无数个凄苦的夜晚之后，张元满被送到一户叫雷新庭的家中当了童养媳。

雷新庭，也就是雷锋的爷爷，用几担谷子迎来了元满；而自己的两个女儿，也以同样的方式，被送到别人家做了童养媳。

小小的年纪，她两次更换新家，再次跨进了别人家的门槛。她不得不早熟，不得不以最快的、最得体的和最没有个性的方式去承接其中的任何一种改变。她不会将这些说出来，已有的文字也没有记录下这些，但我们应当可以猜到。

[①] 娭：读作 āi 时，常用于对老年妇女的尊称，如湖南方言的"娭毑"（āijiě）一词。

在张元满十几岁的时候,这个出落成漂亮能干的大姑娘,已经学会了纺织布、做衣、绣花。与此同时,在雷新庭的期盼下,张元满嫁给了比自己大3岁的雷明亮,他是雷新庭唯一的儿子,也就是雷锋的父亲。

明亮、元满,两个名字中都充满了光辉、美好寓意词汇的人,组成了自己的家庭。

有时,人们习惯于将美好的期冀放在最重要的名字当中,因为他们太希望让生活变得明亮、圆满了。可是,当一缕灰尘弥漫的斜光透过屋顶的缝隙照射进来的时候,它似乎强化了屋内的黑暗,而不是驱散了黑暗。

在那样的旧时代,所有期愿的美好,都可能被种种的风吹浪打所击碎。当国家贫弱、无力和多灾多难时,个人,更像是漂泊的草叶或者蝼蚁。在我所阅读的有关那个旧时代的一些记录和回忆中,我时常会有这样的感觉,而有这种感觉的,应当并不止我一个。

为了维持生计,张元满和丈夫、公爹一起租种了地主唐四滚子的田地。她凭一手漂亮的针线活,为人家绣花、做衣、织布,提篮小卖做点生意。张元满经常在夕阳快要收尽余晖之时,飞针走线,绣着手中的莲花和鸳鸯——它们一旦完成,就不属于自己了。可不属于自己更让她高兴:因为这些绣品可以换出一点儿微薄的收益,让她有了可怜的"小富足",能够补贴一点儿家用。

她,生有一双巧手。

而我知道的是,在这个贫寒的家里,每个成员都用尽自己不遗余力地操持着。雷明亮，在1926年湖南农民运动中参加了农民协会，在此期间，他还当过自卫队队长。

大革命失败后，雷明亮到长沙仁和福油盐号做工，挣点钱维持一家半饱的生活。据史料记载，1938年，为防止长沙被日本占领获取物资，国民党实施"焦土政策"，一把火让长沙城烧了3天3夜，这场大火，直接导致全城9成以上的房屋被烧毁，长沙这座历经2000多年城址不变的古城，自春秋战国以来积累的历史文物，都付之一炬。

我们该怎样评价那段历史呢？我们应不应该把历史看成是一股汹涌的、滔滔不绝的洪流？当我们使用一个个大的概念来梳理或命名这个"历史"的时候，是否需要慢一点、停一停，看看在这不可逆的洪流中，在它那似乎可以轻描淡写的微点和褶皱中，被淹没和冲走的那些"物和人"，他们在这样的历史大潮中，又是如何地接受着重击，被无力地改变了命运？

进而，我们能做什么，我们能为他们做什么？

我们能做的、要做的，不就是试图让人们免于那么多的痛苦，从而建立一个富足、安康、平等、自由的美好世界吗？

先收回我的感慨，让我们来看看，这个所谓历史的洪流或车轮，是以怎样的重力压在雷明亮这个人身上的。他，在那场被称为"历史"的事件中，又经历了什么，遭遇了什么？

他被叫去运货，抓紧时间，争分夺秒——尽管那是超负荷的劳动，尽管这个超负荷的劳动充满了危险的可能，但雷明亮不曾有半点儿犹豫。活下去是他唯一的愿望，只要能多赚一点儿钱带回家去，他愿意，有一百个愿意，即便所谓"多赚一点儿"只是资本家画在空中的一个饼。为此，他用了百分之一百二的力气，在争分，也在夺秒。可是，国民党反动派的军队来了。资本家抢运物资的举动，显然违反了战时指挥部所确定的"焦土政策"，而被留下来的这些物资，也很有可能最终落在日本人的手里，形成"资敌"——这顶帽子自然重逾千斤，资本家承受不起，更何况那些一直无辜的运货工人们了。可是，国民党岂容你分辩？执行命令的国民党军队，岂容你分辩？于是，作为运货工人一分子的雷明亮，便被糊里糊涂地抓走了。

在就连虱子也得掉层皮的"抓捕"中，雷明亮受尽了折磨。加上之前的劳累，他病倒了。

后来，雷明亮落下了经常吐血便血的病；而另一层霜，则以更重的重量压在他的身上：资本家需要的是他的好身体和这个好身体里的力气，现在好身体没有了，力气也不足，于是，雷明亮被解雇了。那种被冷漠地推出门来的抛弃感，更使雷明亮身心俱疲。然而他求告无门，没有谁肯听他说话、肯为他说话。31岁的雷明亮，只得返回乡里。而这时，他是一个或者说依然是个经常吐血便血、身上积攒不起力气来的病人。

在雷家的那间老屋里，祖孙三代，雷明亮的大儿子，也就是雷锋的哥哥雷正德5岁，雷新庭48岁，张元满28岁。

而雷新庭已经进入风烛之年，一家人的重担，一下子全部压在了年轻的张元满身上。她到处找人给自己的丈夫医治，家里能卖的都卖了，中草药的味道弥漫在这间狭窄的旧屋里，待到雷明亮的身体稍稍好一点的时候，一家人又陷入了新的危机，年轻的张元满掀开锅盖，发现已经没有米可以下锅了。

可怜的雷明亮，这个顶天立地的男人，不得不再一次离开家，到长沙利生油盐号去做工。早前积累下的病根了，让雷明亮饱受折磨。做工的条件本来就差，再加上过度劳累，还不到一年时间，雷明亮就旧病复发，再次被辞退。

命运再次挥起了它的巨锤，向他狠狠砸去。

时间的余晖洒落在暗淡的老屋中。透过窗户，我仿佛看见，消瘦、痛苦的雷明亮，正躺在床上辗转，每次转身，他都会碰到无数条虫子，它们在不断地撕咬他的筋肉和骨头。雷锋的叔祖母雷张氏这样回忆着：

> 家里除了一张破床、一个破柜子和一张破桌子以外，其他什么都没有。屋也是破破烂烂的，一到下雨，外面下大雨，屋里下小雨，外面雨停了，屋里还在下。

之所以称其为老屋，是因为这里即将诞生影响了几代人的好战士雷锋，人们将记住这里，所以在我心中，这间房子也就有了一个带有感情色彩的称谓——老屋。

实际上，真正的"老屋"，并不像我们参观时那样坚实整洁，它有一半是草做的。如果不是时间的沉淀与追念，它的本名应是草屋。而就连这么一间草屋，也并不属于雷

★ 雷锋一家三代用过的破蚊帐。

★ 雷锋一家三代用过的破棉絮。

家的任何一个人。雷家由于从祖辈开始租种地主唐家的田，因而就住在唐家的房子里。这间老屋多多少少为雷家人挡了些风雨。

在这里，还有一件我不得不澄清的事。很多年后，当我们以参观者的身份，来到湖南望城那个挂有雷锋故居牌子的老屋时，它并不是历史时空中的原物，雷锋住过的"老屋"，早在1958年就被堂叔拆掉了。我们看见的，是1968年恢复后的样子，它按照亲戚们记忆中的模样，被重建起来，并经过几次的修复，才有了现在的雷锋故居。

1940年，在这间老屋里，我们故事的主人公，那个叫雷锋的孩子，来到了这个世界上。

那一年，毛泽东相继写了《新民主主义论》《目前抗日统一战线中的策略问题》等文章、报告，为新民主主义革命、抗日战争指明方向，推动了中国革命的胜利发展。另一方面，汪精卫降日投敌，在南京成立了伪国民政府，沦为了日本侵华的工具。到这一年的8月，八路军总部在华北发动了一次大规模对日军的进攻，陆续参战部队达到105个团、20余万人，史称百团大战，此时，距抗日战争胜利还有5年，距新中国成立还有9年。

而那个年代对于惊心动魄地经历过种种重大事件的人来说，更确切地说，对于雷明亮一家，不可能是无关紧要的。

国家内忧外患，雷家人的吃穿用度，也是一再紧缩。在这一年的冬日，12月18日，雷家的第二个儿子——雷锋出生了。

雷锋,父母称他为"庚伢子"——因为这一年是农历的庚辰年。他的大名叫雷正兴。也就是说,"雷锋"当时还不叫雷锋,雷锋这个名字是后来改的,至于为什么改名字,在这里我想暂且按下不表。

雷正兴的到来,无疑给这个家庭带来了无比的喜悦,就像雷明亮和张元满为自己的第一个儿子取名为"再伢子"的寓意一样,希望还能有个弟弟。雷明亮的身体,似乎也因为这个小小的生命而重新明亮了起来。

困苦是大人的,他们往往在孩子面前表现的是另一面;孩子们出生于这份苦中,他们也并不知觉;他们的心里,也装不下那么多那么大的困和苦……尽管欢乐稀薄。然而,小小的雷正兴,却早早地感受到了所谓困苦的存在。

1961年,雷锋在讲话录音中这样描述自己的家:

> 终年辛勤劳动,全家五口有米不够半年吃。到了荒年腊月还看不到一粒米下锅。我哥哥带我出去要饭,看见富人就央求给点吃的,要是碰到有钱人做喜事就讨点剩饭剩菜吃,看到桌子上饭菜也用手扫了起来,装在要饭破布兜里留着下顿吃。要是离家近一点就送回去,给小弟弟吃。

雷锋在5岁的时候,就已经知道把讨来的食物给自己的弟弟了。如果不是生活所迫,5岁的年纪,还处于认识世界、对身边事物充满好奇心的年纪。哦!这里需要一个插述:1943年,雷家又迎来了第三个男丁,也就是雷锋的小弟弟，而雷家的日子却日渐衰微。

  我妈妈怕养不活我那小弟弟，想把他卖给有钱人家。我爸爸心如刀割坚决不让，他眼泪汪汪说全家死也要死在一起，不能把他卖了，只好把睡的床铺抬出去卖了，大家在地上砌几块砖取下房门板搭着睡觉。

而据资料记载，雷锋的父亲雷明亮于1945年春天，离开的人世。

1944年，日本人占据湖南长沙。为了解决一家老小吃饭的问题，身上早有痼疾的雷明亮，不得不拖着伤病之身，去长宁公路一带抬轿子、运货、做零工维持生活。

雷锋的叔祖母雷张氏曾这样描述关于雷明亮的事情：

  住在长宁公路两边的人，都逃到了离公路比较远的山冲里躲起来。

  一天下午，雷锋的父亲从山冲里走出来，想到家里看一看，探听一下动静，未料竟遇上了两个日本兵，被抓住做了挑夫。

  当时他奋起反抗，遭到毒打，这样旧伤未愈又添新伤。

  回到家后，从此卧床不起，吐血越来越严重。

  到了1945年春，他含恨离开了人间。

  家里没有钱买棺材，雷锋母亲急得没法子，只好从几亩赖以活命的佃田上打主意，托人转佃出去，凑了一点钱，买了一口棺材，在乡亲们的帮助下，才草草地埋葬了雷锋的父亲。

从此，三个孩子的生活负担全落在母亲身上。

这些，让我想起读书的时候，一位老师给我们讲述沈从文的小说《丈夫》，他说一个评论家曾借用普希金"伟大俄罗斯的悲哀"那句定语来言说这篇小说。在背景介绍中，沈从文用一种平静的语调写道，"地方实在太穷了，一点点收成照例要被上面的人拿去一大半，手足贴地的乡下人，任你如何勤省耐劳的干做，一年中四分之一的时间，即或用红薯叶和糠灰拌和充饥，总还是不容易对付下去"……这里有个词，"照例"，它其实是种默认——常态、无可奈何。太穷的穷也说到了，"丈夫"无法改变。这样的人的命运是固定的，而且已经尽然地顺从。"这样的丈夫在黄庄多着！"——黄庄，在作家刘庆邦的解读中，它是"黄种人住的庄子"，也就是说，它暗指的是旧时的偌大中国。偌大个中国，尽管人们无比辛劳勤省，但活下去依然是个巨大的难题——它是悲哀的，而且是一个普遍的悲哀，自然，它就是旧中国的悲哀了。

雷锋的命运，以及他的家境更是以事实证实了这一点。在那个岁月，活下去这个简单的愿望，是多么艰难、多么奢侈的一件事啊。如果不是"历史"的言说，单凭想象，我们很难相信会有这样一个年代，甚至很难理解他们为什么在"解放"之后会有那样的激情和热血。

雷明亮的一生，就在这样并不明亮的结局中黯灭了。

这一年，雷新庭和雷明亮的相继离世，让这个生活上原本凄风冷雨的家庭，更是雪上加霜。雷家的孩子们，由于过早地尝遍了人间冷暖，而有了这个年龄不该有的成熟。原望城县安庆乡乡长彭德茂回忆道：

> 母亲为了养活他们兄弟3人，每天早出晚归，不停地劳碌。小正德看到妈妈那瘦弱的身影，憔悴蜡黄的脸庞，他多么想帮妈妈分担一点忧愁，减轻一份负担啊！一天他对妈妈说："妈妈，你帮我去找点事做吧！我能做，我都12岁了！"听了孩子深情的话，看着孩子还很瘦小的身子，母亲不禁一阵心酸，哽咽着对孩子说："孩子，你还这么小，妈妈怎么忍心让你去啊！"

1945年的冬天悄然而至，它似乎格外难挨。因为在这间没有成年男子的老屋里，3个孩子和1个母亲，有时不得不靠乞讨才能填饱肚子。仔细想一想，这个时候，新中国还没有成立，百姓正处于常年的战争疲惫之中，吃不饱、穿不暖这样的词汇，无时无刻不是深深印刻在小小的雷锋心里。直到有一天，社会变了，雷锋终于可以解决温饱问题时，他眼中的世界定是变得光彩熠熠。

这些都是后话。

此时此刻，我看见深嵌的皱纹过早地出现在这个年轻母亲的脸上，她根本不忍心答应自己的大儿子一个人外出谋生。在家徒四壁的老屋里，张元满想了好几个晚上，最终，做了决定。

关于雷锋哥哥雷正德外出谋生的记忆，我们继续看一看原望城县安庆乡乡长彭德茂的文字：

> 她托人把小正德送到400里之外的津市，到一个远房亲戚开的新胜机械厂做童工。
>
> 小正德临行之前，妈妈千叮咛万嘱咐："孩子！出门在外，不比在家，一切要靠自己，做事千万留神！"
>
> 小正德对妈妈说："妈妈，你放心吧！我会照顾好自己的。"就这样，正德向妈妈和两个弟弟告别后就同亲戚上路了。那时交通不便，400多里的路程全靠两条腿走，正德跟着亲戚，直走了好几天才到达津市。

在这段文字记录里，我认为或许多少有些书面化的成分。12岁的孩子，虽然在慢慢褪去幼稚的壳，但对于离家远行这件事来说，一定有太多的不舍。雷正德将要面临的是一个人外出谋生，然后贴补家用。也许并不是这样一两句简单的告别，就可以有迈出离家的第一步。

又或许，我所能想到的一切情感之堤，都深深埋藏在雷正德小小的心里。为了弟弟们能有口饭吃，他顾不上自己究竟要面临怎样的处境，也许告别很简单，但内心就如火山爆发前在地表以下滚动的热浪岩浆，在人们看不见的深处沸腾翻滚。

> 新胜机械厂是一个姓钟的资本家开办的，厂里的设备破烂不堪，都老掉了牙。

雷正德拿的是童工的工资，干的却是大人的活，资本家每天让他和大人一样干十几个小时，这对一个只有12岁而且身体瘦弱的孩子来说，实在太残酷了。

小正德是要拿这些赚来的工钱养弟弟的啊！他也希望自己能在这个年龄无忧无虑地慢慢长大。可是，小正德只能累得每天眼冒金星直喘粗气，就连受了委屈，也不敢放声地哭，他只得躲在没有人的地方，用泪水洗涤那看不到头的苦日子。要是被资本家发现了，小正德还会被骂，有时甚至挨打。

我在读彭德茂的文字时，仿佛看见了字与词之间粘连的血丝，小正德，你要坚持住啊！

　　小正德一天一天地坚持着，咬紧牙关硬挺着，身体一天天地瘦下去，直瘦得皮包骨。
　　不久他得了肺病，整日干咳不止，还要坚持干活。
　　一天，他在机械旁干活，干着干着，由于疲劳过度，实在挺不住了。
　　这时，不幸的事故发生了，小正德的手和胳膊被机器轧伤了。鲜血直流，染红了衣服，滴落在机械上、地上。十指连心肝，一阵钻心的疼痛使小正德几乎晕了过去，他一边哭，一边喊："我要妈妈，我要回家！"

百里之外的张元满是听不到儿子撕心裂肺的呼喊的。能看得到、听得到的，当然是雇用他做工的资本家——

一个伤成这样的孩子，要是再不解雇，从他身上既得不到任何油水，还要倒贴工钱和餐食，谁会留下这样的累赘？

他，重复了父亲雷明亮的命运，只是他更弱、更小、更让人怜惜。

同样的命运，在父子二人的身上重复出现。只能说，它实在是一个大概率事件，它是同一类人命运的集体缩影。而这样的重复，又说明了什么？

这样的生活和时代，真的需要被改变。

从上学开始，我虽然尽自己所能认真努力地学习，背记着大量的历史知识。但很多时候，知识只是"知识"，对它们没有更深刻的理解，甚至没想过要如何更深刻地"理解"。现在想想，关于那个时代和对那个时代的评价，我的认知和理解是多么肤浅和匮乏，它们只是一些固定下来的短语而已。当我开始书写雷锋，在图书馆、资料室和实地的考察采访中，在与那些接触过雷锋、书写过雷锋的老人们的交谈中，在梳理雷锋和他家庭的故事的过程中，我竟然渐渐地加深了对那个时代的理解。我强烈地意识到，雷锋的存在有着深厚而合理的时代基础、命运基础、性格基础和心理基础。也正是随着这种理解的深入，我明白了那一代人的命运选择，理解了那一代人的做事原则和革命的动力。可以说，雷锋有着一代人的某种共性，有太多的人应当像他、是他，而且真正地在实践着成为他。

我们言归正传，赶紧去看看雷锋的小哥哥。

受伤的雷正德被资本家解雇后，不得不拖着伤残的身体，回家找妈妈。雷锋这个时候已经5岁了，他远远看见一个孱弱的人影,向老屋的方向蹒跚而来。是哥哥回来了,雷锋高兴地奔过去,他大声喊着:"妈妈!是哥哥回来了!"呼喊里,我听出了想念与期盼,虽然在5岁的雷锋那里,也许还未能完全理解这样的词汇。雷锋像看到了一束冬日里孱弱的暖阳,跑到了哥哥身边。而站在小雷锋面前的,却是一个形同枯槁、失去生气的哥哥,他满身污垢,瘦成了冬天里干枯的树枝,胳膊和手还用几个烂布条随意包扎着。

雷锋的母亲听见雷锋兴奋的叫喊,赶忙从老屋里出来。当她看见大儿子雷正德这副模样,立刻明白了儿子的遭遇。她一把抱住瘦弱的正德,眼泪哗哗地打湿了衣襟。

> 母亲把小正德包扎伤口的破布打开,伤口已经溃烂,恶臭难闻,而且生了蛆虫。看着儿子的伤口,母亲的心有如刀剜一般。家里已经负债累累,靠乞讨过日子,又哪有钱给孩子治伤病啊!
>
> 母亲只好把全部希望寄托在求神拜佛上,她每天烧香磕头。

通过乡长彭德茂的描述让我看见了一位无可奈何的母亲,她相继失去了公爹、丈夫,现在还要面临即将失去儿子的痛苦。对于她来说,她太希望小小的正德能早点好起来,因为这个家已经不能再有人离去了。

> 小正德的伤口继续恶化,肺病也天天加重。1946年的初冬,13岁的雷正德,这个过早地饱尝了生活折

磨的孩子，在贫病交加中离开了这个可恶的世界。

母亲痛失长子，哭得呼天喊地，还只有5岁多的小雷锋哭喊着："我要哥哥！我要哥哥！"在乡邻们的帮助下，母亲只得搞几块木板钉了一个木匣子把儿子埋葬了。

没有足够的吃食，没有治病的良药，小雷锋和母亲张元满，在刚刚送走小正德不久，又迎来了3岁弟弟的死亡。

这时，在这间"鼎盛时期"时住着6口人的老屋里，只剩下了年轻的母亲，和她的一个儿子。

但，老屋里发生的苦难并没有结束，相继而去的命运，最终会落在一个不满7岁孩子的身上，没有人可以提前预知这一切，就像四季轮回，那是命运在时间流动中系的结。

关于后来在老屋里发生的事，雷锋的堂叔雷明义这样回忆：

> 为了养活雷锋，母亲把小雷锋寄在叔祖母家里，自己来到长沙一家旅馆做女工，由于身体多病，承受不了繁重的体力劳动，不久，雷锋母亲只好又回到家中。在万般无奈的情况下，她只好带着小雷锋在外边讨饭。

对于小孩子来说，讨饭也许并不会让他觉得沮丧。因为至少，这个时候小雷锋的身边还有母亲，他是在母亲羽翼的庇护下生活的，无论多么辛苦，都还有着温度与希望。

两年后，也就是1947年的夏天，老屋的主人唐四滚子要嫁女儿，便让雷锋的母亲为其做嫁妆用来抵债，在中秋节的时候还可以获得一斗米的报酬。

中秋节，为了养活儿子的张元满根本不会想到，这一年的中秋节，将彻底改变她的命运，给她以及年幼的雷锋沉重一击。

当雷锋的堂叔雷明义说起这段往事时，有太多不愿提及的词汇，如果这件事不是如此沉重，又怎么会让张元满扔下年幼的雷锋独自离去呢？雷明义在回忆中写道：

> 中秋节的晚上，有钱有势的人家正在热热闹闹地过节。雷锋的母亲独自坐在窗前，望着窗外一轮圆圆的明月，悲痛欲绝。
>
> 这时，小雷锋跑回家来，对妈妈说："妈妈，快去看皮影戏！"小雷锋发现妈妈的神情不对，眼睛红红的，脸上挂满了泪珠，小雷锋也惊呆了。
>
> 母亲把小雷锋紧紧地搂在怀里，对孩子说："孩子，你还这么小，要是没有了妈妈，你可怎么活啊？"
>
> 小雷锋哭着对妈妈说："妈妈！你不要哭，长大了我来养活你，我永远也不离开你。"妈妈听了小雷锋的这番话，好像有万把钢刀刺向她的心肝，顿时她的眼泪像断了线的珠子滚落在小雷锋的脸上、手上。

如果真的可以跨越时间之流，回到那天夜晚，我一定要告诉张元满：你还有雷锋啊！为了他，你要好好活着啊！与死亡比起来，别的事情又算得了什么呢？

可是，我没有这样的本事。

雷锋的母亲忍受着内心巨大的悲痛，打来一盆洗脸水，为小雷锋洗干净脸和手，然后对小雷锋说："孩子，你要记住亲人都是怎样死的，长大了可要为死去的亲人报仇啊！"雷锋的母亲又把自己的一件夹衣脱下来，哽咽地对雷锋说："孩子，穿上这件衣服，少挨蚊子咬。"年幼的小雷锋哪里知道，这就是与妈妈的生死离别啊！

母亲抑制着欲夺眶而出的泪水，让小雷锋到叔祖母家去了。

接下来的事情，我们都知道了，这将是雷锋此生回忆中最大的疼痛。

这间老屋，从雷锋回到六叔祖母家的第二天起，就只剩小雷锋一个人了，他彻彻底底成了孤儿。

很多年过去，如果我们不去回顾雷锋童年所经历的这些，也许很难理解他为什么长大后会成为那样一个特别的人，他的名字怎么会成为一个具有民族精神内核的名词？就像有一位哲人说的那样："不幸的童年会影响人的一生。"

在年幼的雷锋心里，那些凄苦与绝望的岁月，实在让他感到阴冷。而当他慢慢长大，旧社会换成了新中国，有那么多人不断给他播撒阳光和雨露时，这颗在雷锋心中干瘪的种子，便很快生根发芽，枝繁叶茂了，它远比一般人吸收了更多的幸福感，并愿意以更多倍的回报来反哺大地，馈赠人间。

在母亲去了天上后，小雷锋被六叔祖母收养了，但在那个距离新中国成立还有两年的时光里，雷锋六叔祖母家的日子也并不宽裕，一直过得紧紧巴巴——六叔祖母家人口多，也经常是吃了上顿没下顿。雷锋虽然年龄小，但懂事而敏感，他理解六叔祖母家的艰难和不易，就经常跑到山上去砍柴、放牛，做些能减轻六叔祖母家负担的活。

邻里乡亲的都知道小雷锋没了家人，看他可怜，也就舍点吃的给他——这些给予，被小雷锋永远地、永远地记在了心里，它为之后雷正兴成长为家喻户晓的"雷锋"，埋下了深深的根。我想我们几乎没有谁会不记得那句名言：世界上没有无缘无故的爱，也没有无缘无故的恨——小雷锋怎么会轻易忘却自己所经历的爱、自己所经历的疼与恨呢？

1948年春，这个让人心疼的孩子，瞒着六叔祖母乞讨去了。

为什么？我要问，我们当然也要问。可我翻遍了《雷锋日记》，他没提供答案。我们现在能知道的只是一个事实。在这里，我愿意做一个这样的揣测，在这个人口众多、而且为吃犯愁的家中，虽然有六叔祖母的关爱，但小雷锋的日子也并不好过。他一定比我和我们更理解"寄人篱下"这个词。他不断用自己的劳动来换口吃的，他太懂事了，懂事得让人心疼。

小雷锋光着脚，拿着一个破碗挨家挨户乞讨着，他宁可一天饿得两眼发昏、两腿直晃，也不愿再给六叔祖母家增添负担了，他那黑瘦的小脸和满身灰尘的小身板，让人看了鼻子发酸。

有一次，小雷锋一天也没讨到什么吃的，他虚弱地走到一户人家门口，还没去敲门，一条恶犬就冲了出来，追着小雷锋狂吠不止，小雷锋一边跑一边用手里的树枝驱赶恶犬。

没承想，就在这个时候，恶犬的主人地主婆出来了，不分青红皂白便破口大骂。一个不注意，小雷锋被恶犬狠狠地咬了一口，鲜血直流，疼痛不止，他大声哭喊着："妈妈！妈妈！我要妈妈……"

过了有些日子，谁也不知道到底过了多少日子后，小雷锋才回到了六叔祖母家。六叔祖母看见小雷锋回来，瘦得不成人样，一把搂住小雷锋哭了起来，这个失去了母亲爱护的孤儿又脏又臭，像一粒萎缩发霉的小种子，被叔祖母抱在怀里。

"伢子，你再莫去讨米了，我们喝粥多放一碗水，有叔娭毑在，就不会把你饿死的。"六叔祖母的话像一阵暖流，驱散了小雷锋的一身寒冷，他抱住叔祖母放声大哭起来。

关于雷锋乞讨的经历，雷锋的本家、邻居雷孟宣补充着对他的刻画。

1949年春，雷锋又一次离开叔祖母家外出讨饭，过着流浪生活。白天挨门乞讨，晚上就露宿在别人家的屋檐下阶台边。由于蚊虫叮咬，满身起了红疙瘩，奇痒难受。雷锋用脏手使劲地抓，结果发炎红肿，流脓流血，腰上竟凸起了一个大包，走路时腰伸不直，晚上痛得不能入睡。

小雷锋腰上的大包不断恶化,让他疼痛难忍,最终不得不再次回到六叔祖母家。六叔祖母掀开雷锋破旧的衣服一看,大吃一惊。

"这是背花疮,可了不得!搞不好,要丢命的!"六叔祖母连忙烧来热水给雷锋清洗,并把大包里的脓挤出来,然后,请来了邻居谢医生开出药方。六叔祖母家很穷,一家人吃饭、穿衣都成问题,然而善良的她,二话不说,便拿着药方去抓药——花了多少钱,六叔祖母从未向雷锋和家里人提及过,但这些,也许让贫苦的日子,更加雪上加霜。

在六叔祖母的呵护下,雷锋慢慢好了起来。背花疮在雷锋的身上留下了一道疤痕,永远地印在那里,似乎每刻都在提醒雷锋,不要忘记自己童年的苦难。

2020年,当我再一次站在挂有"雷锋故居"字样的老屋前,回望着这一切时,参观的人不断涌入,讲解员带着深情与敬意为人们讲述着发生在这里的故事,我的眼睛不由自主地涌出了泪水。那一刻,我真想过去抱抱那个可怜的孩子——雷锋。

第二章 课桌

1949年8月，雷锋的家乡，解放了。

对于雷锋来说，"解放了"这3个字也许远远超出了它的字面含义，那是一种真切的、盛大的、影响到生活和心境的感受，是一道久违的、甚至都不敢过分期盼的光——当这3个字重重地"落在"雷锋面前，没有经历过那些痛苦的我们，也许永远也无法像雷锋那样更透彻地去理解这3个字的重量。

那一天，这里格外热闹，人们在路旁设了很多茶水站，花团锦簇的彩门，仿佛都在向整个世界宣布：现在和以前不一样了，好日子已经开始了！

我站在长宁公路旁，站在人群中，远远就看见了那个熟悉的身影，他手捧着茶杯，不停地招呼着解放军叔叔们喝茶。

也许，雷锋后来当兵入伍的种子，就是在这个时候种下的。这支队伍给了小雷锋一种与众不同的力量感，它们是如此着迷，以至于在雷锋入伍时，即使出现了种种意想不到的困难，这个心中有光的年轻人，也无论如何都要让这颗种子发芽、成长。

这天晚上，小雷锋跟乡亲们一起东奔西跑，想为这支即将宿营的军队找到一个合适的住处。部队刚刚安营扎寨，这些十七八岁或者二十出头的战士们，就像帮助自己年迈的父母一样，忙着帮乡亲们挑水、扫地。解放军帮助乡亲们摆脱旧社会，又如同亲人一样相处，乡亲们自然是开心得合不拢嘴。而解放军的这些一举一动，都看在了小雷锋的眼里，慢慢生根。

小雷锋在战士们身边转来转去，他带着孩童特有的好奇，左打量、右打量，最后跟连部的小通信员都混熟了，在人家的枪旁边停了下来，小雷锋带着好奇，追着通信员问这问那，开心极了。

直到夜已经很深了，小雷锋还是不肯离开连部，他又跑到通信员旁边，悄悄地问：

"你是怎么当的兵？"

"志愿当的呗。"

"我志愿行不行？"

"你？你还没有一支枪高，就想当兵？"

"没有枪高？比比看吧！"

"不用比，高不了的。"

"别看我小，可我什么也不怕。跟连长说说，把我带着吧！"

"要说你去说吧，我可不去替你碰钉子。"

这段对话是第一个写《雷锋故事》的人——陈广生的文

字,这里即使不是还原全部现场,基本也是八九不离十,在日后大量与雷锋有关的文字和诉说中,我们可以清晰地捕捉到雷锋是一个机智并带有好奇心的人,他对很多事情感兴趣,尤其是对帮他脱离生活苦海的人和事,他想感恩,想让自己也变成那样的人,即使付出比常人更多的努力。

当我们把目光再次投回1949年的8月——不出所料,小雷锋第二天真的又来了。

部队要走了,雷锋跑到连部来,只见好多乡亲们都赶过来为战士们送行,小雷锋一把拉住连长的手:

"叔叔,我要当兵,带我走吧!"
"带你走?你为什么要当兵呀?"
"我,我要报仇,我要报仇啊!"

在所有书写雷锋的故事中,大部分都有这段叙述,大部分都有这个表述:我要报仇!

如果是现在,一个9岁的孩子是不会说出"报仇"这样的词汇的,这是一个充满哀怨、绝望、憎恨与无奈的词,它与9岁孩子应有的天真、无邪、欢笑等应有的词汇背道而驰。而在那个年代,在经历了家破人亡的小雷锋身上,这个词无疑又是妥帖的。小雷锋过早地经历了他这个年龄不该承受的种种苦难,能为逝去的亲人做的,也许便是这"报仇"了。

他当然有仇、有恨。这仇和恨,也许并非是针对一个具体的人,但肯定有旧社会和旧中国里所有的肮脏、野蛮、罪恶和不公。

彭德茂看着小小的雷锋,想起他孤身一人活在这个世界上,内心止不住地刮起狂澜。他向解放军们讲述了小雷锋的过往,小通信员听完,也不由得帮小雷锋说话了。

"连长,带上他吧,生活由我来照顾。他会成为一个好战士的!"

连长看着眼前一双双充满渴望的眼睛,拉起小雷锋的手,深情说道:

"我们都是穷苦出身,你的仇就是我们的仇,我们一定替你报!你的年纪还小,现在的任务是好好学习,等长大了再参军也不迟嘛。"

后来,连长从自己的衣袋里抽出一支钢笔,放在了雷锋手里:"把这支笔送给你好好学习。你先在乡里参加儿童团,将来长大了再参军,保卫和建设咱们的新中国!"

我不知道陈广生提到的这句关于连长的对白,是否是在雷锋同志牺牲后的有意雕琢;还是在当时的情景之下,每一个大人都会对那些一心向党的孩子进行这样的鼓励。不过,我还是能看出不同,这个大大的不同就在于,连长的礼物:一支钢笔。在那个年代,这样的礼物当然贵重。毫无疑问,连长不可能对所有被他"拒绝"的孩子,都送这样一件礼物，这支钢笔是唯一的！赠送这件礼物说明了什么？我猜度，一是连长很看重这个孩子，他从这个孩子身上看到了革命的必要性和建设新中国的必要性；二是连长可能含有某种"愧疚"，他也想把这个孩子带进部队，但纪律不允许他这样做。为了弥补这样的"愧疚"，他愿意将自己看重的、心爱的钢笔赠予这个孩子……

但无论怎么看，这段对白似乎都预示了雷锋同志后来的道路，他确实是按照连长所说的，去读了书、参加了儿童团，然后参军，保卫和建设新中国。不同的是，在雷锋同志还没有参军前，他就已经在团山湖投入到轰轰烈烈的新中国建设之中了。

两个月后，1949年10月1日，毛泽东主席在北京天安门城楼上，向全世界庄严宣告：中华人民共和国中央人民政府成立了。中国人民从此站起来了！

从这一天开始，中国进入了一个全新的时代，千家万户都处于新中国成立的喜悦当中，对于小雷锋来说，他终于可以为家人"报仇"了。他参加了儿童团，参与到对地主恶霸的批斗当中，同时也明白了自己的父亲、母亲还有哥哥、弟弟的早逝，都是那个万恶的旧社会造成的。

在分配土地的时候，按照政策，小雷锋作为孤儿分得了两分土地（2亩4分水田）。解放前，这片被雷家老小一代接着一代用汗水湿润过的佃种地主的田地，如今，不到10岁的小雷锋就分得了这些田地，这在以前是想也不敢想的。

2012年12月18日，在雷锋同志诞生72周年纪念日这一天，我参加了雷锋生前所在部队组织的"重走雷锋路"活动。我第一次来到了湖南长沙望城区雷锋镇雷锋村王家湾组杉树桥雷锋学校内，那是一座砖木结构建筑，屋顶为小青瓦的两面坡，在第二层左侧房间是雷锋教育展示室，这里是荷叶坝完全小学的旧址。1956年，16岁的雷锋从这里毕业。至今，这里还保留着雷锋的课桌和座椅。

如果要还原雷锋的学生时代，这套桌椅是最合适不过的了，它们安安静静地被摆放在那里，以一种旧物的姿态，在木质桌椅的缝隙里，时光悠远地回旋着，雷锋，你是否会偶尔回到桌椅旁，走进参观的人群，来回忆做学生这段难忘的时光呢？

在雷锋求学的6年里，他一共换了5所学校，而如今保留下来的，就只剩这一所了。

那次去采访，虽为冬季，但南方的草木依旧有着浓浓的绿意，我站在雷锋的座位旁，一束光透过窗户照射在课桌上，我静静地望着那张摆有"雷锋座位"桌牌的桌子，仿佛听见了时间流动的声音，它们如细碎的耳语，不停地讲述着。我用心去听，它们时而高谈阔论、时而低声细语，我想听得更加真切，但那些耳语声，似乎瞬间如烟一样飘散了。还是那张课桌，我又一次看到了心中那个熟悉的身影，他正安静地坐在自己的位置上思考着什么，我知道，时光又一次将我带入半个多世纪前，这让我不得不相信，眼前的桌椅是有记忆的。

1950年夏末的一个清晨，望城县龙迥塘小学教师李扬益格外忙碌，他在回忆中这样记述：

> 我们正在张罗着学生报到的时候，听到一个沙哑的招呼声："李老师，辛苦了！报名的学生还真不少！"我抬头一望，原来是彭德茂乡长，便连忙打招呼：
> "呦！是彭乡长啊，您这么早送谁来读书呀？"
> "这个雷庚伢子不满7岁就成了孤儿，真是苦水里泡大的！我们研究了一下，决定免费送他读书。这孩子就交给你们啦！"
> "好！"我忙回答。只见彭乡长旁边，站着一个矮小的男孩，穿着朴素洁净，圆圆的脸庞上，荡漾着喜悦的神色，浓黑的眉毛下，一对炯炯有神的大眼睛，不停地东瞧瞧，西看看，显得格外机灵活泼。

不得不说，彭德茂确实是雷锋走上革命道路的第一位启蒙老师。如果没有彭德茂几次三番送小雷锋上学，他可能就不会成为日后我们所熟知的"雷锋同志"，或许他会以另外一种优秀的方式生活，但绝非现在的样子。

这个善于与孩子打交道的教师很快就和眼前的小雷锋聊了起来，多年之后，李老师这样回忆着：

> "叫什么名字？"
> "雷正兴。"我连忙拿起笔来，在报到册上写下了他的名字。
> "几岁了？"

"快满10岁了。"

"想上学吗?"

"老师!我要上学,我要读书!"

在那个时候,10岁的孩子,已经属于同批上学中年龄偏大的了,但这并不能影响什么。在李扬益的记忆中,他又提了几个问题,机灵的小雷锋回答得都很好。最后李扬益对小雷锋说道:"好!从今天起,你就是学生了,希望你好好学习。"

就这样,雷锋上学了,李扬益的文字,为我们还原了小雷锋当年的情景。

学校里正式上课的那天,雷锋起了个大早,背着小书包,迎着朝霞,第一个来到了学校。

"李老师!"雷锋很有礼貌地叫着。

"啊!雷正兴,你怎么来得这么早?快点进来呀!"

"老师,报到时彭叔叔和您对我讲的话,我回家后想了很久很久,毛主席是我们穷苦人的大救星。所以,我今天特意早点来,请您教我写'毛主席万岁'。"

我见雷锋无限热爱毛主席,心里有说不出的高兴,连忙回答说:"好,我就来!"

我牵着雷锋的手进了办公室,对雷锋说:"希望你以后听党的话,做毛主席的好学生!"

"好,我一定努力,做毛主席的好学生!"雷锋点着头说。

我先用毛笔在一张纸上端端正正地写上"毛主席万岁",接着就把这五个字的笔画名称和执笔方法一一告诉雷锋。雷锋聚精会神地望着,跟着我一句一句地念着笔画的名称:"一撇,一横、一横、一竖弯钩……"

开始,雷锋写出的字斜斜歪歪,他非常焦急地问我:"老师!为什么我的字总写不好?"

我说:"勤学苦练,字就能写好。"

他于是坐下来认真地练呀练,把"毛主席万岁"这5个字写了一行又一行,一页又一页……

雷锋,就这样怀着对党对毛主席的无限热爱跨进了学堂,开始了他的求学生涯。

小雷锋第一天上学,就一笔一画地主动学习了"毛主席万岁"的写法,这对于我这样一个几近"九零后"的青年来说,是突如其来的感动。我想,在任何一个老师心中,一定会对开学第一天便提出学习写"毛主席万岁"的学生,留下深刻的印象。而毛主席对于雷锋来说,并不是一个空洞的名字,这是一个意味着光明、温暖、摆脱苦难的名字。小雷锋在写"毛主席万岁"的时候,已经切身感受到了自己生活的变化。当他去问彭乡长、去问李老师为什么生活和以前不一样了的时候,他所得到的答案就是:毛主席、共产党带领我们建立了新中国;而新中国,不再有地主劣绅和种种大山的压迫,大家可以靠自己的奋斗,过上美好的新生活。

在雷锋短暂的一生中,他一直怀着对毛主席的深深敬意,不断地奋斗着。他一次又一次地希望能亲眼见一见这个带领大家翻身做主人的毛主席,见一见带给他光和亮的领袖。因为这个人给了他父母一样的温暖,让这个年幼的孤儿再一次有了雨露滋养,可以在孤独的人世间,继续快乐地生活下去。

我站在一旁,看着小雷锋认认真真反复练习书写"毛主席万岁",他写得用情、用力,一丝不苟。

接下来的每一天,当晨光从大地的边界跳动升起,那个曾经食不果腹、衣不蔽体的孩子,就带着感激之心,早早地来到学校,他先是打扫教室,把桌椅、黑板都擦得干干净净,再等同学们和老师的到来,一起上课、学习。这样的时光太宝贵了,是以前想都不敢想的,小雷锋从不迟到,即便是狂风暴雨、风霜雨雪。他会将竹子截短,再劈成两半,用麻绳拴在脚板上当木屐。

关于雷锋上学的细节,在陈广生的文字中,我们可以看到这样一个窥孔:

> 一天放晚学的时候,已经打过放学铃了,雷锋还有一道算术题没有做出来,坐在那里继续写呀算呀的。有个同学招呼他说:"走吧,习题没做完,回去再做吧!"
>
> 雷锋说:"就剩这一道题了,可我总做不对。"
>
> 那个同学走过来看了看:"这道题我倒是做好了,你拿去看一看吧。"说着,从书包里拿出作业本递了过去。
>
> 雷锋笑笑说:"谢谢你,你先让我再想一想吧。"
>
> 他静下心来,反复琢磨课本上的例题,仔细回想老师的讲解,终于把这道题做出来了。他叫那个同学说:

"我也做好了，来，我们来对一对。"

这一对不打紧，两个人的得数却不一样。那个同学说："这就不晓得是我错了，还是你错了。"

雷锋说："我演算了几次，不会错的，可能是你错了。"

"那就借你的给我抄正一下吧。"

"不，"雷锋说，"你也先别抄，自己再做做看。自己多花心思，以后做起算术题来就不费劲了。"

那同学便也坐下来重做了一遍，原来是运算中粗心，所以得数就不对了。这时，两个人都开心地笑了，这才收拾好书包，手拉着手，高高兴兴地离开了学校。

时间的光晕，驻足在那个放学后的傍晚，两个孩子通过自己的努力，算出了本子上的算术题。这件事虽然小到不值一提，但人生不就是从做对一个个不值一提的小事中成长起来的么。

半个多世纪后，当我第一次来到雷锋家乡时，在望城县雷锋镇雷锋小学的教室里，我真的看到了雷锋的作业本。只不过，这并不是雷锋当年用过的本子，而是现在的孩子帮助雷锋续写的"雷锋作业本"，它们是一个个活页本，被挂在教室黑板的右侧。翻开作业本，里面的每一页都有着不同的字迹，有的能看出用橡皮擦了、反复修改过的痕迹，我想，这些孩子们一定也是和当年的小雷锋一样，用尽全力做好每一道题吧！雷锋小学的一位老师对我说，为了让孩子们感受到雷锋就在身边，每个班级都有一个"雷锋作业本"，每天由不同的孩子来替雷锋完成当天的作业。

当然,"雷锋"也被用来鼓励孩子们。翻开一个叫李湘的孩子的作业本,我看到班主任的评语这样写着:"你在不断地进步,小雷锋加油!"

小雷锋,他确实在加油!

1952年的一个秋天,湖南的太阳,并未因夏日的离去而损耗半分热度,小雷锋戴着草帽,大汗淋漓地跑到老师李扬益面前,迫不及待地问了一个问题,也许这个问题在小雷锋那里已经思考了很久,但他还是不确定自己想的是不是正确答案,他需要到老师这里确认一下。我想,此时的雷锋并不知道,他的一生,都将努力为这个去寻找确切答案的问题全力以赴。

李扬益对雷锋的到来有些感到突兀,他这样回忆:

> 雷锋说:"老师,我们小小年纪怎样为人民服务呢?"
>
> 我说:"为人民服务就是为人民做事,只要是为人民做事,不管年龄大小都是为人民服务……"
>
> 恰好窗外传来哦唧,唧哦的土车子声,雷锋"哦"了一声,立即站了起来说:"我知道了。"就往校外跑,我们的学校地址就在黄花塘岭下,正处在黄花塘粮仓的要道旁边。
>
> 我出去一看,雷锋正拖着一部农民送爱国粮的土车子往岭上走去,上过岭后,又下来拖第二部,就这样一部接一部地拖,直至夕阳落山,送爱国粮的车子已尽才回家休息,第二天来到学校深有体会地说:"帮助农民

伯伯拖车子送爱国粮也就是为人民服务。"

当看到雷锋一脸欣喜地给同学们讲自己帮着农民送爱国粮时，空气中跳动着兴奋，甚至是小小的炫耀，他为自己也能做出"为人民服务"的事而自豪。我明白，此时此刻的小雷锋已经慢慢找到了自己的价值。虽然在那个年纪，他还不是很明白"价值"一词的含义，就像他还不能完全理解什么叫做"为人民服务"一样。

"为人民服务"这个词确实太大了！怎样让它具体到一个孩子身上呢？李扬益老师的解释，为雷锋寻找到了一个切实的、可以触摸到的落脚点。

而这件事，又让我想起了前几天小侄子对我的问句。

7岁的小侄子，也是在一个炎热的午后，兴冲冲地跑过来问我什么是雷锋精神、怎样才是学雷锋。我当时面临着和半个多世纪前的李老师差不多的情境。对于一个孩子来说，"精神"一词本身就包含着文化、传承、正面、力量等诸多含义，它是一种多样的混合。而我理解的雷锋精神，最简洁的说法就是中华民族传统美德。而这个最简洁的说法，我同样无法对面前这个7岁的孩子解释清楚。最后，我告诉小侄子，7岁的你，在学校好好学习、帮助同学，在家里听父母的话，做最好的自己，就是学雷锋。

小侄子听完后，突然兴奋地大叫起来：原来我们每天都在学雷锋呀！

我不知道这样回答他是否百分之百正确，但从那天起，我准备给他认真地讲一讲雷锋的故事，我希望他能从这些故事里受到启发,去触摸一个有血有肉、有真情、有温度的雷锋,能感受到拥有春天一样的笑和几倍于常人努力的雷锋,我希望他能用后辈的羽翼去传承雷锋精神,就像当年小小的雷锋去实践为人民服务的思想和理念一样。

关于学生怎样为人民服务,雷锋在一次汇报中也提到过:"只有好好学习,将来才能更好地为人民服务,报答党的恩情。"

小雷锋就这样每天穿着分来的白衬衫,珍惜着来之不易的上学时光。然而,当时新中国刚刚成立,百废待兴,百业待举,小雷锋所在的龙迥塘小学,只办了一年就停办了,小雷锋没有学可上了。

既是邻居又是此前送雷锋去上学的彭德茂有些着急,他心疼这个孩子啊!这个孤苦伶仃的孩子,刚刚有了的笑容,怎么能让它暗淡下去呢?当年小雷锋出去要饭的时候,好心的彭德茂,就几次三番地把饿得不成样子的小雷锋领回家来,给他拾掇。现在,安庆乡人民政府成立,彭德茂改任乡长,小雷锋没有学可上了,他再一次领着小雷锋辗转,把他送到了上车庙小学。可是,在那个时候,上车庙小学也因为同样的原因,没有多久就停办了。小雷锋又转学到向家冲小学,虽然最终向家冲小学也难免走向被停办的命运,但雷锋在这种兜兜转转中遇见了谭礼老师——他非常敬重和喜欢的一位老师。

雷锋在后来的雷锋日记中,多次提到过的黄继光、邱少云、刘胡兰的英雄故事,就是谭礼老师讲给他的。

那是1953年2月,彭德茂乡长领着小雷锋转学来到向家冲小学，虽然寒冬已经悄然过去，但寒意尚未散尽。谭老师清楚地记得，小雷锋穿着稻草编织的"凉窝子"，身着旧衣，头上顶着破旧棉帽子就来了。

谭老师说的"凉窝子"，是一种可以替代布鞋的草鞋。从这里我知道了小雷锋日子虽然一天天好了起来，但依旧是贫穷孤苦的。他没有母亲在身边，即使是有一尺半尺的布可以做双温暖的布鞋，但又有谁给他做呢？小雷锋现在在六叔奶奶家生活，六叔奶奶家人多口多，小雷锋虽然有住处，但还是免不了寄人篱下，在增长知识的年纪，他只能在放学回去后，干一些力所能及的活，来报答六叔奶奶家人对他的收养。

谭礼，这个给雷锋讲述英雄故事的老师这样回忆他：

> 彭乡长向我们介绍了他的苦难家史，我们便收下了他。我问他："你能跑这么远吗？"
> "我能跑！"他坚定地点了点头。
> 我便把他领进教室。他个子不高，坐在教室最前排。

为了学到知识，再远的路也不再漫长，再艰辛的跋涉也充满着阳光。所以小雷锋很笃定，他能跑，他大声地跟老师保证着。而在很多人对雷锋的第一印象里，似乎都有谭礼老师这样一句："个子不高。"一个吃饭都困难的孤儿，一定是由于营养不良，错过了长高的时机。而这个"个子不高"，也一次次成为雷锋成长道路上的小石头，让他险些错过自己的梦想。这都是后话，让我们继续回到谭老师的记忆当中。

　　最使我难忘的是雷锋在腰鼓队参加训练的日子了。学校为了适应形势的需要,决定成立一个腰鼓队,这可是一件吸引人的新鲜事。学校对腰鼓队的队员要求很高。

　　雷锋因为个子矮小,影响队伍整齐,第一次没选上。他听说后,可急了,就再三向我要求:"谭老师,打腰鼓不是打一天两天就不打了,我慢慢地会长高的嘛!"

　　我望着他焦急的神情便问道:"你能背出打腰鼓的点子吗?"

　　他马上流利地背着:"咚波、咚波、咚咚波咚波。"

　　我望着他天真活泼可爱的神情,见他心情迫切,便同意了他的要求。在腰鼓队,他学花样、练动作格外认真,课余的每一分钟都不放过。下课了,他就在桌子边上用手指头练节拍;放学回家,他又边走边在自己的小书包上敲起来。他练呀练,终于成了一名出色的腰鼓队员。

看到谭礼老师的回忆,我不禁笑了一会儿。可爱的小雷锋,从小就表现出了性格中不服输的一面。或者更准确地说,他用自己的智慧说服了谭礼老师,让自己当上了腰鼓队员。万事都有转机,小雷锋抓住了这个转机。同时,谭老师的回忆,也让我们第一次对雷锋的性格有了粗浅的认知,他是一个喜欢在大家面前露脸的人,是一个喜欢热闹的孩子，只要是先进的、正面的，他都希望自己能够参与进去。

在很多关于少年雷锋的描述中，我们知道雷锋还演过各种各样的角色，在荷叶坝完小上学的时候，他和凌小俐演过舞蹈《小锯子》，还出演过哑剧《小渔夫》。

1954年一个阳光明媚的日子，也许没有人会记得具体是哪一天，但和这一天有关的人都知道，当天是望城县第二完小（后改为清水塘完小）发榜的日子。完小的全称是完全小学，那个年代的小学分为初小和高小，初小是一到四年级，高小是五到六年级，而能不能顺利升入高小，就要看今天是否榜上有名了。

雷锋兴奋地跑到学校，挤在人群中，迅速搜索着红榜上的名字。一个眼尖的小伙伴高兴地嚷着："雷正兴，你考上了！"小雷锋中榜的消息很快不胫而走，乡亲们都为他高兴不已。

雷锋在第一篇周记中写道：

> 在那万恶的旧社会，我家受尽了地主、资本家的残酷压迫，过着牛马不如的生活，祖祖辈辈没有进过学校门，更没有上学读书的权利。今天，我进高小读书了，多么幸福啊！我要努力为毛主席争光，为雷家争气，克服一切困难；认真读书。长大了，做一个有出息的人。

雷锋的这些话，有着明显的时代特征，但并不空洞，那是他心中最想表达的部分。生活给了他深刻审视这个世界不同侧面的机会,让他感受到其中有爱、有恨、有绝望,也有希望。

  我站在半个多世纪后的雷锋的课桌前,双手抚摸着温热的桌角,思绪万千。我所在的地方正是雷锋当年就读过的完小。小雷锋,你就是坐在这里写完这篇周记的吗?你的内心是否充满了无数的波澜,而让你的面部表情更加坚定呢?

  对于这篇周记,当时的数学老师、校长张仲明这样说道:

> 雷锋是这样写的,也是这样迎着困难上的。雷锋家住黄花塘附近的简家冲,离清水塘学校足有十里。每天起早摸黑,来回要步行20多华里的路程。
>
> 放学回到家里,烧饭、洗衣等家务劳动,都要自己动手。节假日得不到休息,不是上山砍柴,就是下地种菜,干农活。十二三岁的雷锋个子矮小、身体瘦弱,实在难以承受,然而再大的困难也难不倒他。
>
> 他各科成绩稳步上升,积极参加各项有益的活动。
>
> 一次晚会上,班主任发现雷锋伏在课桌上,双手捂住肚子。从一个同学那里了解,才知道他由于昨晚着了凉,肚子疼得厉害,今天,连早饭都没吃,就来上学了。
>
> 由于童年时经常挨饿,他染上了胃病,而今胃疼经常折磨他,他总是带病上学,从不迟到、早退、无故旷课。对老师布置的家庭作业,他认真按时完成,从不马虎潦草、缺交拖欠。

当所有身体承受的痛苦都不再是痛苦时，那是因为有更加美好的期待在心中。对于小雷锋来说，学校就是给他温暖的地方，他能感受到快乐。所以，无论是否真的能吃饱、是否生了病，那种给他快乐的东西都是排在前面的，他会忍受一切、克服一切，来让自己变成一个好学生。

他真的成为了一名好学生。1954年6月1日，雷锋光荣地成为一名少先队员，那是他梦寐以求的。早在当年遇到解放军时，他就问过人家怎样才能参加共产党，而少先队是中国共产党创建并委托青年团领导的、进行社会主义建设的预备队，每个同学都渴望早日戴上红领巾，成为其中的一员。

宣誓的这一天，小雷锋早早起床，他又穿上了那件一直珍爱的白衬衫，这是他出席重要活动时一定会穿上的衣服，也许这也是小雷锋最好的一件衣服。踏着晨光，小雷锋早早就来到了学校礼堂。在入队仪式开始后，辅导员把红领巾戴在了新队员的脖子上，雷锋非常激动，并上台进行了演讲，原望城县荷叶坝完小教师、校长张仲明记得雷锋是这样说的：

> 我心里有许多话要讲，但激动得一时说不出来，我是个孤儿，今天光荣地入队了，从此有了自己的组织，孤儿不孤了。今后，我必须努力学习，以实际行动争取更大的进步，做一个优秀少先队员。

雷锋是一个善于表达的人，在他短暂的一生中，进行过无数次演讲，而每一次都会有迸发的热度散发到空气中，也

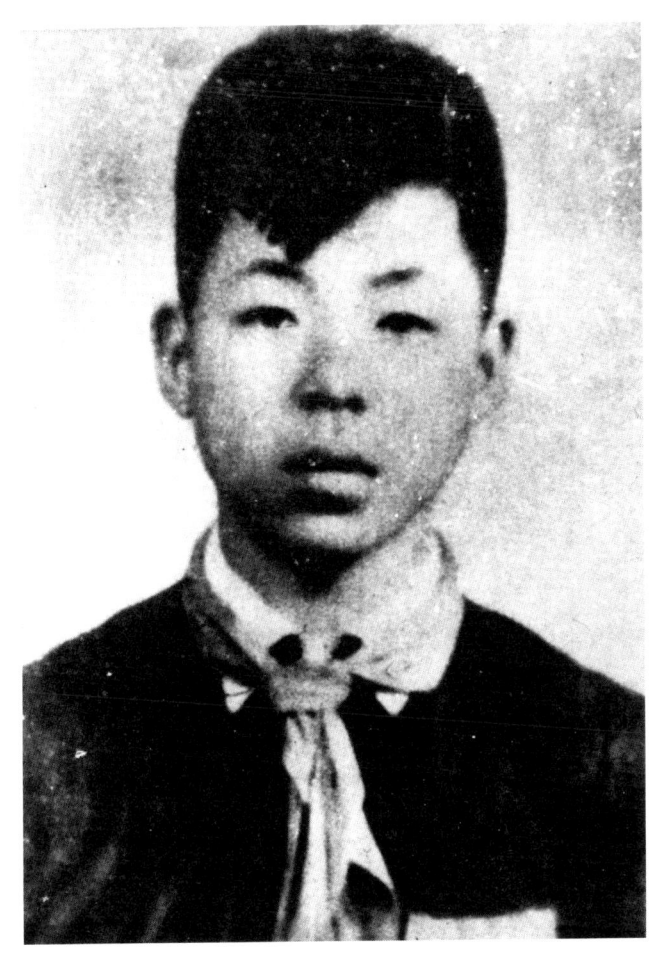

★ 1954年夏,雷锋加入少年先锋队。

许当一个人内心燃烧着一团火焰时,他会不自觉地、或者渴望分享给身边的人,雷锋就是这样一个人。

而这团火焰不仅感染了前来参会的师生,更是感染了当时的中共望城县县委书记张兴玉,这也为日后雷锋去望城县当通信员埋下了一颗小种子。

转眼间,夏日已去,迎来了金色的秋天,而这年的秋却给雷锋带来了萧瑟与<u>丝丝</u>寒意。一直抚养小雷锋的六叔奶奶突然病逝了,而她的两个儿子谁也不肯收留雷锋。一气之下,六叔祖父单独收留了小雷锋继续过日子。

后来,雷锋的一个在长沙做工的堂叔雷明光,看到这一老一小的日子过得十分艰难,就把小雷锋领回了自己家里,并对他说:"你白天好好读书,晚上回家帮你婶婶做点活就可以了。"小雷锋非常感激。但是,当堂叔雷明光回长沙做工后,小雷锋再一次有了寄人篱下的凄楚。

在雷锋写的自传体小说《一个孤儿》中,我们看到了这样的文字:

> 小毛的堂叔是一个老实勤劳的农民。叔叔对小毛很关心,把小毛当作自己的崽看待。
>
> 可是小毛的婶婶呢?把小毛看成是眼中钉肉中刺,经常打骂小毛。而对自己的崽看得很重,小毛的婶婶好走人家不爱劳动,是个好吃懒做的人,经常在外面说小毛的不是。但附近的穷人都同情小毛。

毋庸讳言,虽然小说是虚构的,但真诚与真情又往往是

★ 1955年,少先队荷叶坝完小中队在长沙烈士公园过队日时的合影,前排右一为雷锋。

★ 1955年5月，荷叶坝完小四、五年级师生合影（局部）。前排左三为雷锋。

★ 雷锋童年时代用过的柴刀。

小说最动人的底色,何况小小的雷锋当时恐怕未必分得清现实和虚构的真实界限,他是把自己的经历写进去了。即使小雷锋当年没有小说写的那样"悲惨",但这里所展示的,可真不是善意、温馨和快乐的生活。小雷锋已经觉察到了自己作为一个孤儿与亲生孩子之间的冷暖不同,觉察到了"小毛姉姉"的疏远和对自己的"诽谤"。这样的微妙,在孩子心里往往会悄悄地放大,尽管他未必会说出来、表现出来。如果雷锋不是在小说中写下了这样的文字,这些遭遇和感受,也许会永远地尘封在时间的细碎中。

1956年7月15日,16岁的雷锋迎来了自己高小毕业的日子,那天,望城县荷叶坝完小格外热闹,现场摆满了学生们自己采摘的鲜花。一如既往,小雷锋穿着自己心爱的白衬衫,坐在那里兴奋不已。关于当时现场的情况,当时的荷叶坝完小学生、少先队大队长吴强国这样回忆:

> 雷锋拉着我亲密地交谈,这时我们班主任钟霞生老师走了过来,他问学习委员王振云:"王振云,你毕业以后准备怎么办?"
>
> "我准备报考一中,将来还要考大学。"
>
> "好,有志气,大家都应向你学习!"
>
> 钟老师又转过来问我:"吴强国,你呢?"
>
> "我也准备报考一中。"我充满信心地回答着。
>
> "雷正兴,你是怎样打算的呢?"钟老师又关心地询问雷锋。
>
> "我……"一向说话爽快的雷锋这时陷入了沉思……

★ 雷锋母校荷叶坝完小旧址。

谁都知道,六年二期即将结束小学生活,毕业转轨。同学们私下都议论纷纷,有的想继续升学,报考初中;有的则打算找关系,到城镇当工人。唯独雷锋整天喜笑颜开,不露声色,也不参与议论。大家猜测,雷锋是个孤儿,家庭出身好,父亲曾为革命作出过贡献,组织上肯定会保送他求学深造;再说,他的成绩比较好,即使组织上不保送上学,也能考上初中。

这是同学们眼中的雷锋,一个家庭成分好、学习好、又爱笑的雷锋,但好像没有人注意到雷锋在学校以外的生活、寄居在别人家要看人家脸色的生活。由于有乡政府的安排,雷锋上小学可以免费,但上初中的话,雷锋就没有经济支撑了。即便他想上,又哪好意思向经历了苦难,又没有太多富余的亲戚们伸手呢?

不一会儿,毕业典礼在鞭炮和乐曲声中开始了,校长等人先后作了报告,还安排学生会主席潘春华和少先队大队长吴强国等人发言。但让所有人没有想到的是,在所有人都发言结束后,本来没有被安排发言的雷锋,一个箭步跑到了台上,通过话筒表达了他的心声:

亲爱的老师、同学们:

我们小学毕业了。基本教育受完了,大家很高兴。感谢党、毛主席和老师。

我们今天毕业真高兴,大家比我更高兴,能升入高一级学校学更多知识,更好地建设祖国。

> 我响应党的号召，去当新式农民——做个好农民，驾起拖拉机耕耘祖国土地，将来要做个好工人，建设祖国，将来要做个好战士，拿起枪用生命和鲜血保卫祖国，做人类英雄。
>
> 同学们，让我们在不同的岗位上竞赛吧！老师们，你看我的行动吧，我一定要做个英雄。
>
> 祝老师健康！

雷锋突然冲上台的演讲，也许对他来说并不突然，那是在心中酝酿已久的声音。他面对班主任钟霞生老师问他将来干什么时，他就知道，自己虽然也想继续上学，但自己的实际情况并不允许继续上学。所以，雷锋早已暗自决定，读完高小就当个好农民，只要好好干，任何岗位都可以释放价值。

雷锋在毕业典礼上的发言，被有心的荷叶坝完小夏柳老师记在了笔记上。这个笔记本，现在保存于湖南省望城县雷锋纪念馆。

在参观的时候，在准备采访的间歇，我不禁再一次仔细看了看雷锋的这段发言。也许很多人都和我一样，曾一遍又一遍地阅读雷锋的这段发言。雷锋的小学同学谢迪安这样说道：

> 没人知道，那天他为什么会这样勇敢地走上讲台倾述自己的感受。
>
> 当然，我也不知道。但我想，那天他是怅然若失

★ 1956年，雷锋小学毕业合影。前排右五是雷锋。

的，就像他说的："大家比我更高兴。"因为同学们将要走向更高学府。而他，那么爱读书又极度渴望读书的人，只能在这天与他的同学们分别了，他是痛苦的。

一个十六岁的孩子，在众人面前，按照他的语速，一分钟内设想了三个职业，恰巧与他以后的三个高大伟岸的形象吻合。没有什么精心策划，只是在那个激动人心的火红年代雷锋的真情告白。

谢迪安甚至说，雷锋在小学毕业典礼上就说出了他的一生。

毋庸置疑，雷锋当时的心境是复杂的，想上学却又不能继续上学，他只能眼看着同学们一个个登上更高的学府，但这个心中有梦的孩子，却给了自己最好的解释：他还可以去走另一种人生，不当学生后的另一种人生，上天应该是收到了他心中的期盼，在接下来的日子里，让他实现了自己的梦想。

不知什么时候，我趴在标有"雷锋桌椅"的桌子上睡着了，恍恍惚惚地走进了少年雷锋的时光里。傍晚时候，雷锋生前所在部队第25任雷锋班长毕万昌，发现我没有在一行的队伍里。找了大半天，最后他来到这间教室把我拍醒。我迷迷糊糊地睁开眼睛，看见毕万昌充满阳光的笑脸，一时间有些惶惑，毕万昌真是像极了雷锋。

第三章 《毛泽东选集》

1956年，小雷锋16岁了，他回到简家塘参加了农业生产，在生产队做记分员。生产队、记分员对雷锋来说是新鲜的，对于当时的所有农民来说，也是新鲜的。他们能够感觉到一个新社会、新生活的"诞生"。这也让他们内心充满了无限激情。

这一年，我国从新民主主义社会过渡到了社会主义社会，社会主义改造基本完成。小雷锋也许并不能真的明白这是一个什么样的概念，但他愿意为一个美好的新世界、新生活付出努力。

小雷锋完成了他的学生时代后，重新成为了一个农民。在小雷锋心里，"农民"这个词汇并不陌生，他的父亲、母亲，甚至祖祖辈辈，都拥有过这样的称谓，它是勤劳、朴实、淳厚的象征，也是建设祖国不可或缺的一份力量。

8月，望城的土地悄然升起了夏日的燥热。而我，在64

年后的2020年，同样燥热的8月，来到了湖南雷锋纪念馆。记得一个作家说过："记忆，是一个替代物，替代我们在愉快的进化过程中永远失去的那条尾巴。"而这座展馆里的一切，应该就是那条看得见的尾巴，为了让我们将与雷锋同志有关的一切有迹可循。

不经意，在时间的光晕中，我和一个叫黄菊芳的姑娘，相遇了。

她并没有看见我就站在她身边，而是双手杵着腿站在那里，满头大汗，气喘吁吁，温热的空气偶尔吹拂着额前的刘海，带去丝许惬意的凉爽。就在刚刚，这个二十几岁的年轻人，跑到了杨桥、桥驿、望岳等各个地方去考察。由于望城县交通班的人事变动，年纪轻轻就早已是望城县组织部干部的黄菊芳要为交通班物色一个新人。在那个年代，交通班负责县、区、乡（镇）之间文件资料的传递和送达，就像部门之间的传声筒和电话线，职责非常重要，可无论黄菊芳怎样寻找，合适的那一个，仿佛总是藏匿于看不见的地方。

黄菊芳直起腰，擦了擦额头的汗，她并没有放弃，又来到了与望岳相邻的安庆乡。

当黄菊芳来到安庆乡政府的时候，乡长彭德茂并不在，几个年轻人正在整理秋征的花名册。黄菊芳想，就在这里等一等彭乡长吧！他最了解乡里年轻人的情况了。而就在黄菊芳等待的这一会儿，小雷锋走过来了，看见县里来了个大姐，小雷锋有些兴奋，我看见雷锋的眼睛亮了一下。

雷锋和黄大姐很快就熟络了起来。我猜小雷锋当时在想，这个大姐一定很厉害吧！要从她这里取取经、学点东西。而黄菊芳也隐约感觉到,眼前的这个机灵的小伙子,可能正是她要找的人。

不一会儿,彭乡长回来了,黄菊芳笑着迎了上去,向乡长表明了来意,而且想重点了解一下眼前的这个小伙子。彭乡长沉思片刻说道:

> 这个伢子命真苦啊!全家五口人,解放前不久三四年里,相继死去了四个,现在就剩下了这一条根,当时还不满七岁。解放后,1950年伢子已经九岁多了,乡里免费送他读书,今年刚刚完小毕业,他不想再给乡里增加负担,立志要参加革命工作,你这次来我们乡上了解,想把他选到县里去工作,第一,你是看准了,他确实是个好苗子,靠得住、又勤奋;第二,你做了件好事,因为他家里只剩下他一个人,生活也方便。

从这段回答中,我们可以清楚地看出彭乡长对雷锋的肯定与喜爱。可以说,彭乡长是雷锋成长道路上一个非常重要的引路人。如果雷锋是一株幼小的秧苗,那么乡长彭德茂就是不断呵护这株秧苗接受阳光和雨露滋润的人。他的存在,不可或缺。

那一天,雷锋将自己写的一个小册子交给了黄菊芳,那是一本长约6寸、宽约3寸的笔记,封面上写着"苦难的家史,我的理想"。

写作,对于普通人来说,并不是一件容易的事,尤其是对于一个少年来说,更是如此。看到雷锋郑重地将小册子递给黄菊芳，我突然想起自己小时候，每一个准备出游的早晨，父亲都会拍拍我的肩膀，告诉我晚上回来后，要写一篇今天出去玩耍的作文。从小时候开始，我就对写作文这件事非常地抗拒，有时一听父亲这么说，我甚至把装了很多小零食的背包往沙发上一扔，赌气不去了，就是为了逃避晚上回来写作文。和雷锋相比，我的童年是幸福、快乐的，不曾品尝生活的苦涩滋味。所以，我不需要用文字去表达自己。在雷锋的心灵深处，童年的色彩也许是苍白暗淡的。不同的是，那里依然有光，有温热的希望。

黄菊芳回去后，认真读完了这个小册子。当晚，她久久不能入眠，她从这些文字当中读到了苦难、死亡、孤寂与无助，但更多的是希望、向往和梦想，从绝望的苦难中重生，那将是一种什么样的力量啊！黄菊芳太想录用小雷锋了，他符合黄菊芳脑中对这个职位的一切设想，只是还有一件事让她心里不安——小雷锋的身高，组织上是否能同意录用。

又是身高！

早在学校选鼓乐队队员时，小雷锋就因为身高差点落选，在以后的人生中，身高这个在常人看来几乎可以被忽略的问题，还将向雷锋提出挑战。可是，这个从小就没了家人的孤儿，在需要营养去长高的时候没有吃、没有穿，如何长高。身高是特定年龄阶段才有的生理生长，它并不会像读书一样，在任何时间，只要经过有益的补充，就能得到提高。

我站在窗外，看着辗转反侧不能入眠的黄菊芳，心里也跟着焦虑起来，千万不要因为身高不要他呀！想想办法吧！

到了第二天，黄菊芳刚起床，就发现在门外等待很久了的雷锋。当看见黄菊芳出来，雷锋有些拘谨地说："老黄，我想找您谈一谈。"黄菊芳请雷锋进了屋。

交谈中，雷锋上来就问了黄菊芳的年纪。当他发现黄菊芳只比自己大8岁的时候，不禁发出惊叹。黄菊芳不解，雷锋就小声地说："因为昨天听彭乡长介绍，你当过区上的领导，现在又在县委组织部工作，我内心敬佩，我喜欢翻身不忘党的恩情、积极要求进步的人，不喜欢思想落后的人。"

此时的雷锋，已经开始了比较。这里的比较，并不是对世俗物质的比较，而是精神上的。接下来，他在县政府与其他人接触时，也喜欢问别人的年纪，他要跟这些优秀的人比一比，看看自己与他们的差距，看看几年后自己能不能也变得优秀。

说着说着，他们聊起了那本小册子，聊到那些小雷锋童年经历的感触和场景、那些从相邻长辈处得来的对这个世界的认知，小雷锋有些激动，黄菊芳回忆着小雷锋的话语：

> 母亲的遗愿终于搭帮[①]共产党、毛主席在解放的第二年就实现了，1950年乡上的领导和上级派来的工作组，领导贫下中农开展清匪反霸，没收了地主的财产，下半年，乡政府又送我去读书，年底开展了轰轰烈烈的土改运动，那些地主、地主婆都被斗垮了，那些家伙的威风一落千丈，永不复活了。我们这些穷人的翻身，就是搭帮救命恩人毛主席、共产党，这是我永远也忘记不

---

① 湖南方言，多亏了的意思。

了的。

很显然,旧社会对小雷锋带来了多少伤害,小雷锋就对新社会有多少爱和感激。这些爱和感激,慢慢变成一颗火种,在接下来的岁月里,这颗火种将在雷锋的整个生命里熊熊燃烧。

黄菊芳和小雷锋继续聊着,她发现,眼前的这个大男孩,不仅对这个世界心怀感激,而且已经用自己的方式含蓄地表达着。黄菊芳问雷锋,你不想接着上学吗?这个早已在雷锋心中反复问了自己无数遍的问题,终于在这样一个看似平常的夏日里,又被提及,雷锋说:

> 想继续升学,多读点书,确实是我的愿望,因为,没有科学文化知识,就不能为国家作出大的贡献,但我不打算再花乡上的钱了,因为,乡上的钱也是大家的钱,现在乡上并不富裕,如果能供所有小孩子读书,我心里还踏实一点,我如果只考虑个人,那就是自私自利了。

小雷锋站在那里,阳光透过玻璃窗,散射着星星点点的光斑。这一刻我相信,小雷锋内心的波澜是真实存在的,放弃自己最在意的东西,让更多人得到读书的机会,在最初做这个决定的时候,一定很难吧!但小雷锋做到了。

无论如何,这些都已经翻页了,小雷锋抬起头,突然像想到了什么一样,好奇地问:"黄大姐,你是什么学历毕业的?"黄菊芳笑了笑:"我吗?我是完小冒^①毕业。"听到黄菊芳的回答,雷锋一下松了一口气,我知道,他一定又是在心里做比较了,自己也是完小毕业的,那么,如果足够努力,也一定可以像黄大姐一样优秀吧!

那一天,他们聊了很多,小雷锋一再恳切地向黄菊芳提出推荐自己的请求。

他说自己能行。他说,自己肯努力,愿意付出——他希望自己能够更好地发挥积极的作用,最大限度地"为人民服务",为穷苦人服务。

回到县委机关后,黄菊芳就小雷锋的情况,专门向县委书记张兴玉做了详细汇报,张书记说:

> 你对阶级兄弟有着浓厚的感情,这是好的,但小雷个子矮小,交通班的工作又艰巨,他能吃得消吗?

关于张书记的提问,黄菊芳之前也确实反复思考过这个问题,她打心眼里觉得雷锋是个非常不错的年轻人,便将自己左思右想的一个方案,提供给了张书记,她建议将小陈交换到交通班,让雷锋在张书记身边当公务员,这样就两全其美了。

张兴玉听了黄菊芳的建议后,觉得这个方案是可行的。

黄菊芳随后又跟张书记汇报说,如果雷锋不合适,可以再介绍他到县印刷厂去当工人。张兴玉很重视黄菊芳的建

---

① 湖南方言,没有的意思。

议，当下就同意了录用雷锋。关于第一次见到雷锋的情景，张兴玉书记这样回忆：

> 一天下午，我正在县委办公室处理文件，突然有人急急地敲门，"张书记！张书记！"我拉开门一看："呵！是彭乡长来了，快请里边坐。"彭乡长笑着对我说："张书记，我给你把小雷送来了。"这下我才注意到他身后还跟着一个十五六岁的少年，个头不高，穿着蓝衣青裤，有几个补丁，但却洗得干干净净，手里还拎着一个包袱，少年见到我显得有点紧张，怯生生地叫了一声"张书记"，那窘相活像一个很少出门的农家闺女。

透过纪念馆的橱窗，看到小雷锋的身影，我不禁抿起嘴偷偷笑了，谁第一次去工作的时候不是这样又紧张、又期盼的呢？那是我们大多数人的影子，原来小雷锋也是这样的，毕竟站在他面前的可是县里的书记，比彭乡长要有学问呢！

雷锋被录用后，成了县委机关唯一的公务员，也许是他的性格使然，也许是责任使然，或者更多的，我觉得小雷锋非常珍惜这来之不易的工作岗位。每天，他不分分内分外，什么活都干，无论是开会时端茶倒水，还是打扫卫生，人们都能看到小雷锋忙得热火朝天。有时县委开会开到半夜，雷锋就在旁边的屋子等到半夜。等会开完了，他再进去打扫屋子。

当时的县委交通班班长陈海文在回忆雷锋时说：

★ 雷锋在望城县委工作时用过的公文包。

当时县委机关工作的大多数是干部编制，但在交通班工作的全是职工，没有一个干部编制，雷锋编在交通班里，却从来不认为低人一等，他还主动做别人的思想工作，雷锋说："我们都是为人民服务的。在我们这个社会里人人为我们，我们更应该为人民，革命工作只是分工不同，当官、做工、种田都会为党办事，没有贵贱之分！"

这段话是我的抄录，它来自《回忆雷锋》，毕竟现在的时代与雷锋生活的时代有一定的距离，如果不借助已有的资料，我无法完全地"复原"雷锋的话和雷锋的生活。雷锋的这段话，在我看来可是很有"时代感"的。在抄录的时候，我暗暗地想：现在，我们不这样说了。即使表达同样的意思，我们也不会这样说了。而我所采访过的那些军人和我的父亲，都认真地告诉过我，当时雷锋是会用那样的方式、那样的语调来说话的。而与他共同生活于那个时代的人，譬如黄菊芳、张兴玉，以及许许多多的人，都会以那样的方式说话、用那样的方式表达："我们都是为人民服务的。在我们这个社会里人人为我们，我们更应该为人民，革命工作只是分工不同，当官、做工、种田都会为党办事，没有贵贱之分！"重要的是，他们不是虚妄的，而是语出真诚，是实话和真心话，是他们内心的所想，也是他们的行动所为。如果我们洗去其中的某些时代特征，如果雷锋活到现在，他用现在的方式来表达的话，我想，依然会掷地有声。

雷锋是这么说的，也是这么做的。当时的县委机关里有好几个部门，人一忙起来就顾不上打开水，暖水瓶常常是空的，工作人员渴了的时候没有开水，客人来了泡不上茶，雷锋琢磨着怎样才能解决这个问题呢。

一个晴朗的午后，雷锋来到厨房，跟里面的师傅商量着，如果水烧开的时候，师傅摇铃铛，然后自己去打水，这样可不可以呢？师傅听雷锋这么一说，当场同意了他的建议，这样也就解决了大家喝热水的问题。

从这一天起，厨房里每天都会响起清脆的摇铃声，那或急或缓的脚步，为一个又一个办公室送去了新烧的热水。只是，这样一来，雷锋就会更加辛苦一些，他需要把各个办公室的水壶一个一个提过去，灌好开水后，再一壶一壶地送回来。

小雷锋在大家心里慢慢有了勤快、热心的印象，直到有一天小雷锋碰见了当时的县委办公室主任皮问安。皮问安对雷锋说的话，让雷锋对自己的公务员生活，又有了新的认知。

在雷锋到机关工作不久的一天下午，收发室的小王送文件报纸到办公室，我对他说："小雷一天忙个不停，现在在哪里？你去找一下，要他到我这里来一趟。"关于雷锋应该担负的具体工作，我早就想和他谈一谈。一会，只听到楼梯间"咚咚"的脚步声，雷锋来到我的房间，叫一声"皮主任"，就急忙提着热水瓶往外跑。

"小雷，我不是要你打开水，是想找你谈谈工作。"

雷锋坐了下来，但手里的热水瓶还没放下。

"你担负的任务，主要是为张书记及县委领导集中开会时，供应茶水、打扫卫生、管好会议室等；机关干部办公室里的茶水、卫生都是各自负责，到食堂吃饭时各自把水带上楼来就是了。平时，机关院内的公共卫生，也是大家动手干，不是你一个人的任务。"

我看他平日累得很，便有意识地提醒他："你在做好本职工作的同时，一定更要挤出时间学习，但要注意劳逸结合。"

如果每个人的时间可以重叠，我想，很多人在刚刚步入工作岗位的时候，都是这样的吧！尽快地融入环境，努力做一切自己可以做的事情。但和部分人不同的是，雷锋并不是装装样子，他一直这样，慢慢也就形成了这样的习惯与性格。皮问安主任一针见血地提醒着雷锋，年轻人还是要多学习。

后来，小雷锋参加了望城县机关干部业余文化补习学校，当时教过雷锋语文和数学的老师彭固善这样回忆：

> 那是1956年秋收过后的一天中午，雷锋来补习学校找我，他看我那模样，知道是教师，便自我介绍一番。我听后，明白他是新调来县委机关工作的，因文化基础差，想中途插到干部业余文化补习班学习。我考虑这期书已教了一半多了，怕他赶不上班，劝他下期再入学，没料到他不同意，说："早学一点知识就早掌握一

点为人民服务的本领嘛！"接着雷锋感叹中带着恳求："我现在太需要提高文化水平了！前面教过的内容，请你课外给我补一补，好吗？我自己再加点油，争取赶上来！"我很钦佩这个好学的小伙子，当即答应了他的要求，他认真地填了报名登记表，我记得他写"雷正兴"三个字，写得斜斜的，但很清晰。

我知道这种感觉，自己和别人有差距的时候，仿佛站在人群中会迅速矮下去。

小雷锋插班后学习很认真，白天紧张工作，晚上潜心读书。每次上课前，小雷锋都要把教室打扫干净，然后郑重地坐下来，跟着老师认真学习。有的同志看到雷锋总是这样帮助自己打扫，有些过意不去，雷锋就说："我本来就是公务员嘛！"大家一听都笑了。

我认为，小雷锋打扫教室，也许还带有一份对知识的敬重。曾经教过我的一位教授，就有着类似的习惯。他告诉我们说，在他心中，每次讲课都是一次神圣的漫游。授课前，他必须穿上干净的衣服，有时甚至需要沐浴焚香。他要用这种仪式感来时刻告诉自己，他是一名教师，要严谨地对待将要讲授的知识和跟着他的每一名学生。如果这种仪式感可以推移，那么在小雷锋的心里，他会不会也抱着对知识的敬重，而不允许任何一粒微尘对书本浸染呢？几十年后的今天，虽然我无法向雷锋本人提出这样的疑问，但并不能排除我的想法是错的。

吹灭读书灯，一身都是月。在回望中，我似乎看见无数个夜深人静的夜晚,小雷锋在灯下读书,那些文字写在书本上、刻在门窗上,密密麻麻排列在每一个小雷锋经过的走廊、床铺以及梦境里,它们仿佛长出了眼睛和小触角,和小雷锋交谈着。在触摸这些神秘而伟大的文字时,小雷锋的心是震颤的,仿佛嗅到了某种奇妙的异香,那是知识迷人的气味。

县委财贸部干事周绍铭,是张书记指定的"带一带"雷锋的人,周绍铭本想谦和地回绝,但张书记却一脸认真地说:"你不是读了中学吗?又先参加工作几年,不要推辞,这也是党交给你的任务。"

一次和雷锋一起随同张兴玉书记下乡搞调查,周绍铭这样回忆:

>雷锋说:"老是写呀!练呀!真有点枯燥无味。"
>
>周绍铭说:"你还可以到办公室去看《人民日报》《湖南日报》《建设报》《望城报》,我是搞财经工作的,除了看上述报之外,还要看《大公报》,每天还不间断地写日记。"他听了对写日记很感兴趣,便问我天天写日记该记些什么,要看我写的日记,我对他说:"日记一般是不给别人看的,日记写什么,我可以告诉你。"
>
>于是,我把写日记的体会告诉了他。从此以后,我发现他书不离手,写字不间断,进步很快。他的床头、桌上都是书,有从张书记那里借来的毛主席著作,有《钢铁是怎样炼成的》,还有连环画和报纸。

周绍铭的这段文字给我们提供了很重要的信息，雷锋也许就是这个时候开始记日记的，他将那些悲欢、渴望、幸福与期待，统统写进日记里。同时，雷锋这个时候已经开始阅读毛主席著作了。那个让雷锋结束苦难生活的伟人，那个在雷锋口中饱含深情的伟人，雷锋当然要好好读他的书，这样才能不断地向这位伟人靠近。

半个多世纪后的今天，我们走进抚顺市雷锋纪念馆一楼，那里陈列着雷锋同志当年阅读过的《毛泽东选集》。关于雷锋阅读毛主席著作的事情，当时的县委宣传部干事李仲凡回忆了这样一个有趣的故事。

一天傍晚，李仲凡正在距离机关几百米远的一口塘里挑水，雷锋走近他问：

"你姓李，是党员，对不对？"

李仲凡说："你怎么知道的？"

雷锋说："是别人告诉我的，而且你入党是在大礼堂宣的誓。"

雷锋又问："你多大年纪？"

李仲凡说："快二十一岁了。"

雷锋说："你比我长几岁，既有文化，又是党员，今后要多教教我。"

看到这段回忆，我不禁笑了。李仲凡和雷锋的第一次相遇，又重复了那个熟悉的场景。小雷锋看到比自己厉害的人，又开始拜人为师了，而且问人家的年龄，并在心中暗自衡量自己的差距，准备迎头赶上呢。小雷锋确实很努力，有一次还真的把李仲凡这个"先生"给问住了。

李仲凡是党员，又比雷锋早到县委机关，他总喜欢考考雷锋政策，没想到有一天，雷锋突然跑到他的宿舍，问了李仲凡一个问题。

李仲凡也不过二十出头，他自信满满地告诉雷锋，有什么问题只管说，答不上来请他吃蒸鸡蛋。

正中下怀。雷锋一定是已经认定李仲凡八成是答不出的，所以才兴高采烈地去找他提问。雷锋开始学着"刁难"老师了。李仲凡这样回忆：

> 雷锋说："先莫吹牛，我问你，《湖南农民运动考察报告》这篇文章是哪个写的？"因为50年代中期，《毛泽东选集》发行不多，一个县只有那么一两套，在县委书记们手里，雷锋在张书记那里当公务员，得天独厚，就读了这篇文章。
>
> 可我当时没有学《毛泽东选集》，更没有看过《湖南农民运动考察报告》这篇文章，当然就答不出。
>
> 他见我答不出，高兴得往椅子上一蹲，得意地说："这是毛主席写的，你这都不知道，别人还讲你是秀才哩！"
>
> 接着他又起劲地问："毛主席这篇文章里写到了新康镇一个叫何迈泉的人，你说他是好人还是坏人？"我当时很幼稚地想，毛主席的文章里讲的人肯定是好人，于是我就毫不犹豫地回答了他。

雷锋马上就反驳说:"是坏蛋,是十足的大坏蛋。毛主席讲,长沙新康镇团防局长何迈泉,办团十年,在他手里杀死的贫苦农民将近一千人,美其名曰'杀匪',你说他坏不坏。"他还提出要我去新康镇实地考察一下。

这一连串的问题确实把我问住了,但也引起了我极大的兴趣,我搞宣传工作,不学革命领袖的著作怎么行。从那以后,我下定决心要努力学习毛主席著作。

正是对知识的不断探寻,才有了小雷锋在李仲凡面前的小小炫耀,小雷锋还带着孩子气去考了人家。小雷锋跟张兴玉书记在一起的时间多,常常将《毛泽东选集》借来看,看不懂的地方就去问张书记,不知不觉提高得很快。

直到有一天,小雷锋非常高兴,拉着县委办公室机要秘书冯乐群的手连声说:我懂了,我懂了。对当时的情景冯乐群这样回忆:

我问他为什么这么高兴,他说:"我学习了《为人民服务》。过去不太清楚的问题,今天终于找到了答案,过去我总认为人的死无足轻重,现在懂得了死的真正价值。毛主席讲,为人民利益而死,就比泰山还重,替法西斯卖力,替剥削人民、压迫人民的人去死,就比鸿毛还轻,我愿意像泰山一样巍然屹立,不愿做鸿毛遭世人唾弃。"

时间拉回到现在,当我望着雷锋纪念馆中陈列的一本本雷锋同志曾经阅读过的书籍时，联系到雷锋当时看书的情景，才慢慢感悟：很多深刻的道理、晦涩的文字，只有经过不断地学习，在大脑中过滤、涤荡，反复琢磨，才会褪去干涩的外衣，散发出迷人的微光。而这些微光，又反哺着我们的精神世界，给我们进一步学习的动力。

雷锋在县委当公务员时，不仅阅读了《毛泽东选集》，学习了刘胡兰、董存瑞等英雄事迹，甚至对马克思、恩格斯、列宁、斯大林的著作也有涉猎。雷锋也时刻记得张兴玉书记常跟他讲的话，"学而不懂，等于不学；学而不用，等于无用。"所以，雷锋边学边将这些书中学到的道理运用到生活当中。

雷锋不断学习毛主席的著作，自然对毛主席有了更加深切的感情，就像当我们非常喜欢一本书的时候，又有谁不会把作者当成自己的偶像呢？何况毛主席和共产党带领人民建立了新中国，改变了雷锋的生活状况，在他很小的时候，就种下了想要见一见毛主席的种子。

1956年初冬，冯健去拜访县委书记张兴玉，第一次见到了雷锋。一见面，张兴玉就将冯健高小毕业后参加农业生产、在农业社带头养猪、被评为全国青年社会主义建设积极分子、还受到了毛主席接见的事情，告诉了雷锋。实际上，雷锋早就听说过冯健姐姐的事迹，今天见到了被毛主席接见过的典型，雷锋更是激动得两眼放光。他像见到大人物一样，毕恭毕敬地对冯健说："冯健姐姐，你真了不起，我一定向你学习！"

可以想象，此时的雷锋是多么羡慕冯健啊！在雷锋短暂

★ 1957年,雷锋和望城县委领导合影。前排右一为雷锋,右二为县委书记张兴玉。

的一生中，他不停地努力，也希望能见一见一直在他心中有着灿烂光辉的毛主席，像冯健姐姐一样，去北京，去有毛主席的地方。

那天，张书记不断地鼓励雷锋努力学习，说他也会赶上冯健姐姐的，还找出两本吴运铎的《把一切献给党》，一人一本送给冯健和雷锋，希望他们学习吴运铎的革命精神，为党的事业多做贡献。

而我，在2020年7月的一个清晨，与这本《把一切献给党》相遇了。

那天，我驱车十几公里，来到抚顺市雷锋纪念馆。我停下来，带着敬畏，注视着这个数次踏足的地方。一如往常，纪念馆还没开，就已经有很多人在大门口等候了。很显然，里面有相约而来的人群，也有独自前来的个体，他们年龄不一、身份不一，但他们都只为去见一个老朋友，去触摸时光中存留的痕迹和气息。不多时，天空飘起了毛茸茸的小雨，人群越聚越多。终于，纪念馆的大门打开了，人们排着队走了进去。

在"新式农民"展厅，这本在谈到雷锋时被无数次提及的书——《把一切献给党》，在灯光的照射下，显得神采奕奕。我仔仔细细地观察着，它的封面是一名身着军装、扎着绑腿的红军战士，正面向鲜艳的党旗庄严宣誓。这幅图下面，印着红色的繁体书名。泛黄的书页和向左开合的版式，都证明着它的年岁。下面标注着"雷锋读过的书籍"。这本书的左边，是一个只有铁制部分的锄头，标记着"雷锋用过的锄头"。它和书一样，锈迹斑斑却整齐陈列。也许锄头和书本永远都不会想到,多年后的今天,自己会以这种方式呈现在世人面前,去代表一个时代里最核心、最具榜样性的精神内核。

雷锋同志离开我们半个多世纪后,张书记送给雷锋的这本《把一切献给党》,为前来参观的人们,不断证明着那些旧时岁月。如这本书名一样,雷锋同志真正做到了把一切献给党,将短暂的生命奉献给了无限地为人民服务当中。

当时光再次闪回,我看见冯健那天在张书记家聊了很久很久,直到日落黄昏才离去。而此刻,终于见到了受毛主席接见的英雄人物的雷锋一直在场,他的兴奋和幸福感也始终在场。雷锋一边送冯健回去,一边给她讲述自己的苦难家史。说着说着,天已经不知不觉地黑了下来,临别时冯健说:"你是孤儿不要难过,如今是新社会,到处有亲人。我比你大几岁,今后我们就像姐姐和弟弟一样,你有什么需要我帮忙的事就找我。"

雷锋听着听着,眼泪不住地往下流。告别时,他叫了一声"冯健姐姐"。

后来,张兴玉书记去西塘检查指导工作,雷锋和冯健姐姐见面的机会就多了起来。雷锋总是忍不住问冯健关于毛主席的事情,就连走路姿势都要问一问。对雷锋的记忆,冯健这样说道:

> 雷锋对毛主席的无限热爱和尊敬之情,确实是用语言难以形容的。那时,雷锋看到报纸上登载的有关毛主席的消息和新闻纪录片里毛主席的形象,总感到特别亲

切、激动。他非常仰慕见过毛主席的人。

我17岁那年,即1955年9月,出席了全国青年社会主义建设积极分子大会;1957年5月,又出席了共青团第三次全国代表大会,两次进京都见到了毛主席。雷锋对此十分羡慕,说我是"最幸福的人"。他多次要我讲见到了毛主席的情景,边听边问,一个细节也不放过。

特别是我出席共青团三大回来后,雷锋一见面,就问我见毛主席的情景,比如,毛主席的身体好吗?对你讲了些什么话?你见毛主席时心情怎样?甚至连毛主席穿什么样的衣服、写字、走路的姿势都要问到。

对这些问题,他不止问过一次。每次他总听得津津有味,总感到亲切、新鲜。

雷锋多次说过:"我做梦都想见到毛主席。"有次他告诉我,他梦里见到了毛主席,他激动不已。

在有文字记录和人们互相传颂的版本中,雷锋一共梦见过毛主席3次。"日有所思,夜有所梦。"雷锋是多想见到毛主席啊!可是,雷锋永远都不知道,毛主席已经准备要接见他了,日子就定在了雷锋同志牺牲后的那一年的国庆节,只间隔短短一个半月。当年,由于保密需要,没有人提前告诉过雷锋这个消息。雷锋毫不知情——对于雷锋,对于我们来说,这是一件多么大的憾事啊!

雷锋太想见一见毛主席了。对见过毛主席的冯健姐姐,他总想从她那知道点什么,他没事就前去讨教,怎样才能见到毛主席。

在熟络起来之后，一次，雷锋鼓起勇气问冯健："本来你已经是学校的少先队大队长，在农业社是会计，后来还选为第二社长，成了干部，为什么又要去当饲养员、去养猪？"

对于这个问题，雷锋一定是想了很久，早就想问了。只是一时有些想不明白。不只是雷锋，我觉得许多人应该也想不明白：这个决定，这样一个看上去那么不合常理的决定，冯健是怎样作出来的呢？她，应当早就有所掂量。

冯健反问道，干部就不能当饲养员？养猪低人一等吗？不，不是这个意思——雷锋赶紧说，他的理解是在社里当干部比当饲养员贡献大。关于为什么选择去养猪这个问题，冯健这样说道：

> 今年县里号召大力发展养猪，我们社是个点。但是，有的人轻视养猪，不想当饲养员，认为是累事、脏事、丑事，特别是姑娘去当饲养员名声不好听。我认为养猪不仅有利于集体事业，还有利于国家建设。要发动大家多养猪，干部不带头不行。于是我就提出不当第二社长，要求去养猪。起初，社里几个负责人都不同意，有的社员说我"出风头"，家里说我"疯"了，好在当时县里支持了我。张书记不仅鼓励我，还送给我几本科学养猪的书。我当饲养员后，社里很快建了一个养猪场，我带领两个男同志饲养了80多头猪。这样全社的养猪事业很快被带动起来了。

冯健让雷锋明白，工作不分高低贵贱，只要是党和人民需要我们做的，都要全身心投入，都是重要的事，可以作出贡献的事。这次谈话给了雷锋莫大的启发、甚至是震撼，一种在内心中有了"惊雷般"力量的震撼。他意识到的，远比他说出的和记在日记里的还多——在以后的日子里，雷锋无论参加什么样的劳动，都不怕脏、不怕累，干得特别起劲。

看到雷锋和冯健努力的样子，我突然想起了一句哲人说过的话——多数人因看见而相信，少数人因相信而看见。雷锋正是因为心中燃着灯火，才奋不顾身地向前冲。

1957年2月8日，初春的暖阳和煦地照耀着大地。这一天，对于雷锋是个重要的日子。这个不断努力充实自我、完善自我的小伙子，光荣地加入了共青团。他刚到县委的时候，就向团组织提出了申请，县委办公室机要秘书冯乐群还送给雷锋一本团章和一本团员基本知识讲话。冯乐群建议他："改掉散漫习气，抓紧时间学习，去掉偶尔的自满情绪和优越感。"雷锋回去后，非常珍视这两本书，反反复复读了很多遍，对于同志们提出的建议，积极作出了改正。

终于，雷锋入团了，正式成为了一名共产主义青年团团员。庄严宣誓后，他特意拍了张照片，青色呢帽、蓝色列宁装，胸前佩戴着圆形白底红字的"中共望城县委员会"的证章，别提多精神了。

不久后，雷锋还被评为县机关"建设社会主义青年积极分子""模范团员"。

这个时候，我们熟知的雷锋还叫雷正兴，关于雷正兴的名字，原中共望城县委办公室机要秘书冯乐群这样回忆：

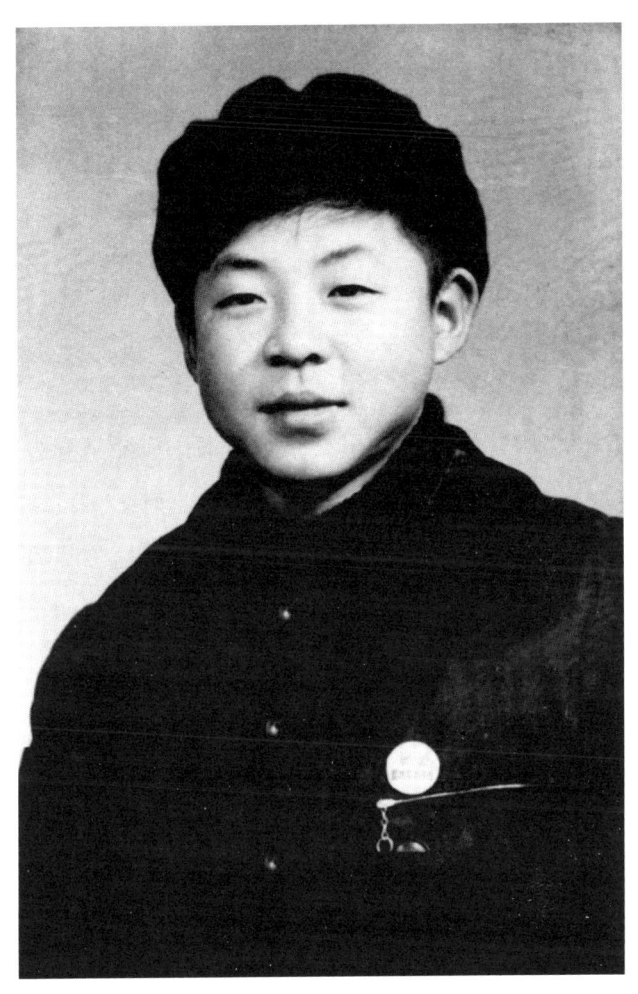

★ 1957年，雷锋佩戴望城县委出入证徽章单人照。

雷锋入团后大约不到一年时间里,他找到张兴玉书记,要把雷正兴这一名字改成单名。张书记沉思了一会,回答他说,你就叫雷峰,行吗?峰是山峰,是高峰,这一定会永远激励你奋发努力,攀登高峰。雷锋点点头,从心底里感谢张书记这位亲如父亲的长者,为他这个孤儿起了一个响亮而又富有深刻含义的名字。

当时,在雷锋心里,张兴玉书记应该是身边最有学问的吧!他信任张书记。就这样,雷正兴有了"雷峰"这个新名字,他高兴极了,他将像这个名字一样,不断向上攀登。

关于雷峰什么时候将名字最终改成了"雷锋",冯乐群的回忆为我们作了解答。

去鞍钢前夕,雷锋又来找我谈起改名字的事。他说:"老冯,我想把山峰的'峰'改成先锋的'锋',你看好不好?"

我问这是为什么。雷锋语气急迫,显得很激动:"我现在已经成为团员了,将来要加入中国共产党。共产党是工人阶级先锋队,成为其中一员,做个先锋战士更有意义,对吗?"

我忙说,改为先锋的"锋"字意义更重大,意味更深长。

雷锋到了鞍钢之后,曾经把"峰"和"锋"混用过。

而后到了部队才正式改"峰"为"锋"。

雷锋啊雷锋，一个多么热切而有力量的人，他想把自己的所有都奉献出来，从其最具代表性的名字中，我们已经初见端倪。

我站在抚顺市雷锋纪念馆一楼展厅，明亮的灯光照在一个个展柜里，与岁月与记忆混合。雷锋在县委机关当公务员的日子，无疑使他树立了正确的人生观和价值观，那些他身边的人不断给他力量和养分，让这颗从小在困苦中浸泡的种子，有了滋润，有了想要报答一切的强烈愿望。

也就是那天，我开车返回的途中，去了一趟书店，买了一套《毛泽东选集》。我父亲的书架上有，我也在此之前偶尔地翻阅过，但此时，我想我应当拥有一套属于自己的《毛泽东选集》，真正属于自己的《毛泽东选集》。

第四章 拖拉机

　　夏末的望城，半空中飘浮着几朵淡云，日光透过重重树影，散落在马路上。人们停留在光斑铺洒的地方买早点，开了十几年的摊铺主人，正掀开冒着热气的蒸笼，用夹子将一个个刚刚蒸好的肉包子放进塑料袋中，递给行色匆匆的人们，透明的塑料袋内壁立刻形成一层水汽。一些小学生背着硕大的书包，从父母手中接过这些包子，边走边吃，书包的肩带不时滑下瘦小的肩膀，都毫无所知。此刻，他们只想在到达学校之前，尽快享用早餐。行走几百米后，小学生已经吃完了手中的包子。家长蹲下来，用面巾纸为自己的孩子擦拭嘴角的油汁，和他们道别的孩子们便开始了自己学校生涯的全新一天。阳光温热地射在门口泛着金属光泽的学校牌匾上，上面用带有中国书法韵味的笔体写着——雷锋小学。

　　在这里上学的孩子都认识雷锋，他的画像遍布在校园的墙壁、门廊和书本中，他的故事被一位又一位老师传播、讲述。在孩子们的认知里，这是一个离他们最近的英雄。因为这里是雷锋的故乡，就在距学校不远处，坐落着雷锋纪念馆，里面陈列着关于这位英雄的一切。空气中飘动着思念，那是有关雷锋的记忆。

不光是雷锋小学的孩子，生长在附近城镇的小学生、中学生，还有大学生，每年会在特定的时间前往纪念馆参观，用新时代的目光丰富着雷锋精神的含义。而我在不知不觉的20多年的时间里，被家长牵着手，被学校老师领着，或者入伍后站在众多的官兵之中，来认识、感受、寻找那些有关雷锋的印记。我记不清是第多少次来到这里，但我知道，随着自己年龄的增长，我离他越来越近了。他从儿时的一个模糊身影中走出，逐渐有了轮廓、声音以及丰富的面部表情，我穿着军装站在雷锋纪念馆门前，再一次"看见了"雷锋。

他正站在那里，为我们讲述着。

1957年夏天，硕大的蝉鼓起发达的腹腔，发出躁动的长鸣。田野如一片青色锦缎，在阳光的波浪中泛起粼粼微光。雷锋背着行囊穿梭其中，少年的身影在田野中上下跳动，逐渐缩小，在田野的延伸处变成一个点。他正兴致勃勃地前往治沩水指挥部，参加治理沩水工程。这一年，湖南省湘潭地区及沩水河沿线各县经过多次研究，决定在县里成立指挥部，将发源于宁乡沩山的沩水河改道，从望城靖港镇改为新康镇后注入湘江，从而根治数年来给沿河百姓带来洪水灾害的沩水。沩水河指挥部就设在乌山公社杲山大队山庙。

所有人都知道这是个什么样的地方。阴冷暗淡的沉寂从砖墙和破败不堪的瓦砾中渗出；潮湿的稻草松懒地躺在架起的几块木板上。那些木板散发着执拗的霉味，只要躺在上面睡觉，仿佛就会被那些霉斑侵蚀，染上木板那湿软的朽气。而这便构成了指挥部的床。然而艰苦的定义并非仅限于

★ 1957年7月雷锋留影。

此，走出指挥部进入工地，人们立即体会到了大自然的原本样貌。一片荒地之上，孤独地伫立着几十根树枝，它们的底部深深地插入泥土里，上方相互依偎，组成一个尖笠式的工棚。芦苇成了这个简易工棚的最大奉献者，覆盖着工棚的表皮和内里。工人们晚上睡在紧贴着大地的芦苇之上，饱受着凄风冷雨的游荡和到访。十几人甚至是几十人聚在这样的地方休息，每天也只是单调地重复吃米饭、萝卜、酸菜汤。但是，为了沿河的人们不再受到洪水的侵袭，即便条件艰苦，这项工作也必须有人去做。

雷锋是主动申请加入这项工程的年轻人之一。在他心里，也许外在的再大艰难，都无法与儿时的苦难相比较。他的心被书记、同伴以及身边的乡亲们温暖着。他愿意用自己的力量来回馈身边人，让一直生活的土地，变得温顺而不再洪水泛滥。

那天，雷锋穿过工地，直接来到指挥所，向望城县副书记赵阳城报到。他是治沩工程的总指挥，年轻的雷锋以为自己会被分配到治沩的最前沿，他将站在那里和同志们共同面对沙石泥土，将双腿浸泡在泥浆之中，改变水系走向。但让雷锋没想到的是，他刚刚放下行李包，总指挥赵阳城就告诉他，让他去当通信员。通信员？雷锋太了解通信员了，他在县里就一直给书记当通信员。没想到来到沩水工程指挥所，自己还是当通信员。当通信员怎么能跟在一线奋斗的同志们相比呢？雷锋还想痛痛快快地挑土挖沟，每天出一身汗，来回馈乡邻呢，可是这当了通信员岂不是远离了一线，每天在指挥所待着。雷锋听到自己的任务后，脸上瞬间失去了原有的光彩。赵阳城看到失落的神情挂在雷锋的脸上，赶忙笑着说："你不乐意？小雷啊，别小看通信员，他的作用可重要啊！每天发通知、送文件、记电话，指挥部指挥千军万马，可少不了这个其名不扬的通信员哟！"

事实上，沩水工程指挥部一共下辖 11 个大队，两万多人，延绵十几公里工地。通信工作都是靠一部手摇电话维系。而每当连接这手摇电话机的细线出现故障时，通信员的作用就凸显出来了。随着故障越来越多，那些文件、通知、报纸，以及一切需要从工地递送出去或者传达回来的信息，就都交给了雷锋的双腿。因为那些崎岖的山路和田间小道，阻隔着自行车的使用。

我穿着雨披，站在时空的边缘，和当时的人们一起观察着这场来势汹汹的大水。

雷锋在深夜里报送紧急文件，有时候为了能尽快将信息送达，这个勤劳的年轻人甚至赶不上吃饭和休息。关于这段日子，雷锋在笔记本上这样写道：

> 以革命的名义，想想过去；
> 以革命的精神，对待现在；
> 以革命的志气，创造未来。

许多年后，当我"阅读"雷锋时，我突然看到了这些妙语连珠的背后隐藏着多少湿漉漉的日子。越是励志的词句，越是证明了那时的艰辛，他需要用这些让人热血沸腾的话去激励自己。那个年轻的身影，经常消失在墨染的夜幕中，时常，他又怀揣厚实的文件，奔跑在风雨相交的清晨里。他身体中仿佛有一台永动机，在晨曦、雾霭、风雨和人们的赞叹中，生长成雷锋的样子。

在雷锋留下来的诸多文字当中，有一篇叫作《茵茵》的小说，写的是一个名叫茵茵的女同志担任了治沩青年突击队队长，和人民群众一起治水的故事。这是雷锋尝试书写的第一篇小说，年轻的雷锋还在手稿上特意注明：本文为小说，1958年写于望城县治沩工地。

小说虽说是虚构的文体，但它来源于生活并始终反映着生活，作者和文章时常互为镜面。正如诺贝尔文学奖获得者托卡尔丘克所说——我们互为互文，把对方转换为文字和大写字母，让彼此永生，将彼此塑化。我想，《茵茵》是和这段治理沩水的日子有关，和雷锋无法忘却的岁月紧密相融。

> 严寒的冬天，地上落了深雪，河里结了厚冰，刺骨的冷风阵阵吹来，似乎不许人再工作似的。
>
> 但那勤劳勇敢的18000多名钢铁战士，不怕千辛万苦地和冰雪战斗，人山人海，挑土筑堤。那挑战的喊声，加油的口号声，打夯的号子声，还有小学生们来慰问时的鼓声，混合一起，响彻云霄。人们为了根治沩水，修筑长堤，忘记了寒冷和疲劳，甚至忘记了自己的生命。
>
> 茵茵就是这样的。提起这位年轻的女同志，人们都要感动得流下热泪。她是一个共产党员。她那结实的身体，勤劳的双手，还有那晒黑的脸儿，清秀的头发，活

★ 1958年2月,望城县治沩工地领导同志的合影。前排左一为雷锋。

泼的眼睛，真使人敬慕。她穿着一件黄棉衣，脚上是草鞋。据说，黄棉衣是她哥哥从部队复员后送给她的，草鞋是她自己打的，打得很漂亮。

茵茵担任了治汋青年突击队的队长。那场暴雨之后，新堤突然决口了。茵茵领导青年突击队去完成堵口的任务。决口处有七八尺宽，水深过丈，流速很急，水上还漂着冰块，堵口任务十分艰巨。茵茵他们跳进冰冷的水里，打桩、投石、搭桥、挑土……水被堵在堤外，他们的衣服却都湿透了。回到工棚里，茵茵烧了一堆火，让大家围着取暖、烤衣服。茵茵忙前忙后的，没有顾得上烤火，只把衣服脱下来，搭在竹竿上想让风吹干。可是，第二天早起，她的衣服不仅没吹干，天冷反而结了冰，穿在身上还掉冰碴呢！茵茵不顾这些，穿上它又领着大家到工地去战斗，终于完成了党交给青年突击队的任务。

茵茵今年只有19岁，既聪明又勇敢，什么困难都不怕，什么活都能干。堵口任务完成后，又一连下了3天雨，堤内堤外全是水，不能在湖内取土筑堤了。工地指挥部党委采取了措施：调来了10部抽水机，日夜不停地抽出湖内的积水。就在这时候，一个看管抽水机的同志病了，不能坚持工作了。怎么办呢？领导想到了茵茵，她是个初中毕业生，还学过内燃机，对机械原理和构造是熟悉的。于是，领导决定调她去管理一段抽水机。茵茵愉快地接受了这个光荣的任务。

这只是一个节选，但我们从中可以清楚地感受到雷锋细腻的笔触，它们不同于雷锋日记，不同于公文报告，这是一段有细节、情感、血肉的叙事。我们可以想象，如果雷锋一直生活下去，他的文字中定会有更多类似的文学表达。如果生命不在那一个偶然的时刻戛然而止，雷锋会是一个作家吗？会成为一个小说家吗？我们知道，雷锋爱美，美在他的情感中占有位置；我们知道，雷锋也有一颗敏锐、敏感的心，他善于观察也善于体会，有着强烈、分明的爱与恨——这些，恰恰是成为作家的某种重要条件。

如果生命不在那一个偶然的时刻戛然而止，也许我们会读到……

合上雷锋写的《茵茵》，我继续往前走。纪念馆里，人们或跟在导游后面认真地谛听讲解，或单独观摩灯光下被岁月冲刷得失去水分的雷锋展品。有那么一瞬间，我的耳膜仿佛增加了震动的频次，清醒地聆听着呢喃、回音、耳语和穿过墙壁传来的声响，那些都是关于同一个人的话语和解读，这种声音持续了几十年，依然清晰、炙热。

在雷锋纪念馆一处开阔地，陈列着一台红色拖拉机，全开放驾驶室中央伸出一个圆而大的方向盘，它不同于现代利于人手操控的握柄，自带着岁月回望的印记，红色的机身被4个粗壮的车轮支撑着，后面的两个车轮更为硕大，它抬高了整个拖拉机的高度。驾驶室里，曾经坐着我们熟悉的身影。为了让参观者更加直观，纪念馆在驾驶舱内制作了和雷锋同志一样身高的蜡像。此时，时间的流动仿佛出现了细小的枝杈，随着讲解员明亮的声音从便携讲解器中传出，我们

★ 1958年,雷锋和望城县委工作人员及家属留影。前排左一为雷锋。

仿佛来到了 1958 年那个冬日的早晨:"1958 年 2 月,望城县为了加强农业生产,县委决定下放部分机关干部到各乡、各农业社,雷锋同志……"

没错,我们的雷锋在治沩工程胜利结束后,去了团山湖农场。当时望城县委研究决定,将围起来的团山湖开垦成一个国营农场,希望让荒芜的土地变成一片生机的粮仓。上报上级后,这一决定得到了上级的大力支持,团山湖农场分配得到了一台拖拉机的指标。

1958 年的新中国,社会主义制度全面确立的第三年,国家还处于经济困难时期,购买一台拖拉机对于当时的县财政来说,可不是个小数目。但为了尽快开始农业生产,团县委向全县发出了捐款的号召。

捐款那天,雷锋用一块布包着自己一分一角积攒下的 20 元钱,交给了组织。副书记赵阳城知道,雷锋本来是想用这些钱买一床新棉絮的。那床盖了好几年的政府救济被,早已如泡过水又被冻住的纸张,被套里充满了疙疙瘩瘩和硬物流窜感,早已失去了保暖的作用。他早在治沩水时就劝过雷锋换一床新被。但这床被子就如雷锋所拥有的其他"小伙伴"——穿了洞用牙刷把堵住的脸盆、破了洞又缝补上的旧衣服一样,总是带在身边,舍不得更换。对于当时的雷锋来说,每个月的工资是十几块钱,他完全可以用这些钱,让自己的生活质量变得更好一些。但这个从小节俭的孩子,是舍不得为自己添置的。他想像张思德一样为人民服务,将一切美好的东西奉献给他人。

1958 年,团县委给雷锋颁发了捐款纪念证书:

> 雷正兴同志,为建立望城青少年拖拉机站,积极地开展了增产节约,勤俭办一切事业,热情地捐献人民币贰拾元正(整),特发予此证,以资纪念。

让小雷锋没有想到的是,当县委领导得知雷锋将自己的全部积蓄都捐给了买拖拉机这件事后,经过县委认真研究决定,选派雷锋去团山湖农场学开拖拉机。

被选上当拖拉机手这件事,让年轻的雷锋高兴不已。那个时候,拖拉机实在太少见了,这是一个巨大的荣耀!它就像醒目又充满力量的伙伴,成为了雷锋形影不离的装备。

拖拉机对雷锋来说,一直充满着诱惑力。每天清晨,雷锋早早起床来到拖拉机旁,跟着师傅学习驾驶、检修,一个多星期后,雷锋便掌握了独立驾驶拖拉机的技术。

雷锋是望城县的第一个拖拉机手,当时团山湖一共有两台拖拉机,3名拖拉机手。在雷锋之前,3名拖拉机手都是从别的县和其他农场借调过来的,直到雷锋学会了驾驶拖拉机的技术,这辆东方红拖拉机,才有了属于团山湖农场自己的驾驶员。

那是早春三月的一天,和煦的阳光如一股春风抚摸着大地,小雷今天试车的消息,也随着这股春风不断向远处飘散。场里的工作人员兴奋极了,连炊事员都放下手中的活计跑了过来。以前雷锋练车的时候,都是教他的陈师傅坐在主驾驶,雷锋坐在副驾驶。今天正好反过来,由雷锋担任主驾驶。他集中一切注意力,踩住离合后慢慢松开,随着拖拉机发动机粗犷的声响灌入广袤的土地，在场观看的伙伴们都欢呼起来："小雷伢子会开拖拉机了！"正在地里干活的人们听到后，纷纷放下手中的锄头，望着雷锋驾驶的红色拖拉机行驶在松软的泥土之上，留下一排整齐的车辙。

这一天，雷锋试车成功后，开心得像个孩子。晚上回到住处，他拿出笔和纸，想将开拖拉机的感受记录下来，为此还跑到《治沩工地报》编辑熊春祜那里请教，熊春祜回忆说：

> 当天夜里，他不顾一天的劳累，在灯下写了一篇《我学会开拖拉机了》的短文。可能由于第一次写，不知该怎么动笔，便向我讨教："老熊，你是农民作家，有经验，请告诉我应该怎样写？"我便向他谈了新闻稿的几点要素，并说："内容要具体，要有情感实感。你今天吃晚饭时，还在想着开车的事，这点就可以写进去……"他点点头，便跑回去，精心构思去了。深夜12点，他跑来叫醒我，要我帮他看一遍，好像等不及似的。

让熊春祜惊讶的是，雷锋的笔触自然清晰，文字生动有力。第二天，熊春祜去县里办事，特意将雷锋写的这篇小文送到了望城报社，编辑刘国维看了之后，微笑地点了点头。3月16日，雷锋的这篇《我学会开拖拉机了》在《望城报》刊登出来。

3月10日，是我永远不能忘记的日子。这天，我第一次学会了开拖拉机，心情是何等激动啊！

我7岁时父母双亡，变成了一个可怜的孤儿。那时，在国民党反动统治下，只得给地主放牛，吃不饱，穿不暖，经常挨打挨骂，过着牛马一样的生活。

自从来了人民的救星——共产党，把我从火坑中拯救出来，送我上学，给我吃的穿的，把我培养成为一个有一定知识、觉悟的青年；使我于1956年投入革命的怀抱（在县委会当通信员），并在1957年2月加入了自己光荣的组织——青年团。

今年1月底，团县委号召建立望城第一青少年拖拉机站，接着又看见农学院的拖拉机来支援团山湖犁田，我多么想当一名拖拉机手！我就把节约下来准备做被子的20元钱，全部捐献了，只想拖拉机站马上建成就好。

这次，党批准我到农场来，我真是高兴极了。2月26日，我光荣地走上了劳动战线——到了团山湖农场，学习驾驶拖拉机。

当我第一次爬上拖拉机驾驶台学习的时候，我真高兴得要跳起来。我坐在驾驶员的身边，专心地看他怎样操作，怎样转弯，怎样发动汽油机……老陈一面驾驶，还一面告诉我操作方法和各部分名称，我一点一滴都记在脑子里，并写在日记上。这几天，我总是睡不着觉，起来又去学习，只想早一日学会，早日为祖国出一点力量。

学习了一个星期，懂得了一些操作方法和基本知识，老陈就让我试验驾驶，他真的让出座位，站在一旁指点我。我一坐上驾驶台，心跳得很，生怕开不动，别人会讥笑；又怕没有力，转不动方向盘；还怕刹不住车，就更糟。我的心情既紧张，又快活，手脚都不由自主地颤抖起来。老陈对我说："不要怕，要放勇敢些！"这时，我才把油门加大，把离合器向上一推，拖拉机嘎嘎地开动了。可是，拖拉机总不听我的指挥，走弯路。开了一会儿，我不怕了，心也跳得不那么厉害了，手脚也慢慢地不发抖了。这时，拖拉机也听我使唤了。在这个时候，我的心情又是多么喜悦呀！我回头望望，看到那可爱的肥沃土地，很快地被犁翻了，仿佛看见了一大片绿油油的可爱的庄稼。

今天，真有很大的收获，过得真有意义。下班以后，脑子里一个转又一个转地想着。吃饭的时候，还好像坐在拖拉机上似的，不停地摇晃着；拿起筷子，像握住拖拉机的操纵杆一样，随手拽动。两只脚像踏在"刹车"和"油门"上，自然地踏动着。我在想，今天这样幸福，不是党的培养，又是哪里来的呢？

我一定要以实际行动，来报答党对我的亲切关怀和照顾。一定努力钻研，勤学苦练，克服一切困难，忘我地工作，争取做望城县的第一个优秀的拖拉机手。

此刻，我正站在雷锋驾驶过的东方红拖拉机面前，仿佛听见了那天农场上传来的旷日持久的机器轰鸣声，声浪中夹杂着由于紧张、兴奋、期待、备受瞩目而生成的颗粒饱满的

★ 1958年10月，中共望城县委、县政府机关欢送县委书记张兴玉调岳阳地委工作时的合影。前排左二为雷锋。

汗珠，它们弥散在空气中，仿佛持续了半个世纪之久。雷锋就是用这台拖拉机和当时的人们一起，在地形复杂的团山湖开垦荒地，如今那些泥沼早已经历了万千之变，如果不是这段明晰的记忆，也许，那些荒芜、空寂与疲惫的日子会如同秋日的云朵，飘散在风中。

1958年11月，为支援国家工业建设，响应党的号召，雷锋告别了生活18年的望城，决定和部分工友们一起北上鞍钢。留下来的工友，纷纷给雷锋留下了赠言，其中最有代表性的就是一位叫作黄丽的工友。她送给雷锋一个日记本，并在扉页上写下了"临别赠言"，当时也许连黄丽本人都没有想到，这篇"临别赠言"如预言般精准，雷锋同志正是一步步实现了里面的期许。

  亲如同胞的小雷弟弟：
  你勇敢聪明，有智慧，有远见，思想明朗，看问题全面，天真活泼，另（令）人可爱。你有内在的美，和外在的美，对任何同志都抱着极其信任的态度，等等。这一切结合起来，才算得我心爱的弟弟……
  弟弟，你值得人羡慕的还多着哩，是青年中少有的，在建设社会主义中是会做出很大的贡献的。你的干劲和钻劲使你勇往直前。希望你在建设共产主义的事业中把你的光与热发遍全中国，全世界，让人们都知道你的名字，使人们都热爱你，敬佩你。弟弟，希望你实现姐姐的希望。
  在临别之前，要把我内心的千言万语说完是办不到的。我是不愿意弟弟离开的。但祖国钢都需要你和等着你呢。弟弟，前进吧！前途是伟大的，光明的。姐因文化太低，不能把我内心想说的都写出来，只好就此停笔。

你姐黄丽

1958.11.9

62年后的今天，当我们重温黄丽同志对雷锋的赠言，我们不禁感慨于时光对这些文字的印证，它们带着不朽的样子继续被人们讲述着。雷锋，你看见了吗？那些扎着红领巾的少年、满怀理想的青年以及时光不断留下痕迹的中年们，都在追寻你走过的痕迹。你当年开过的东方红拖拉机还在，你用的这本日记本还在，你的精神也一直在这片土地上蔓延、新生着。

雷锋的姐姐"黄丽"，在很长的一段时间里都是一个谜。在雷锋牺牲之后，在敬爱的毛主席写下"向雷锋同志学习"的题词后，在雷锋精神成为一个时代的精神高标，全党全军全国人民都在认真学习的时候，"寻找雷锋的姐姐黄丽"自然是许多人甚至是太多太多人的一个愿望。然而，这个"黄丽"却一直都不曾出现——黄丽，就像是一件没人认领的珍贵失物。直到1997年3月4日，在纪念毛主席等老一辈革命家为雷锋题词34周年之际，60岁的王佩玲才向媒体公开了自己是"雷锋的姐姐——黄丽"的身份，黄丽就是王佩玲，王佩玲就是黄丽，谜团经过世间的洗刷，逐渐展现了原有的面貌，那是一段动人、纯粹、向上的读书时光。

1958年春天,王佩玲来到团山湖农场,她和雷锋一样,是一个爱看书的青年。雷锋藤条箱子里装的《黄继光》《赵一曼》《沉浮》《董存瑞》《钢铁是怎样炼成的》……王佩玲都借阅过,王佩玲清楚地记得,雷锋曾经高声朗读过《钢铁是怎样炼成的》里面一段经典名言:

人最宝贵的东西是生命。生命属于我们只有一次。一个人的生命是应当这样度过的:当他回首往事的时候,不因虚度年华而悔恨,也不因碌碌无为而羞耻……

随后,雷锋将自己6月7日的日记翻给王佩玲看:

……如果你是一滴水,你是否滋润了一寸土地?如果你是一线阳光,你是否照亮了一分黑暗?如果你是一粒粮食,你是否哺育了有用的生命?如果你是一颗最小的螺丝钉,你是否永远坚守在你生活的岗位上?如果你要告诉我们什么思想,你是否在日夜宣扬那最美丽的理想?你既然活着,你又是否为未来的人类生活付出你的劳动,使世界一天天变得更美丽?我想问你,为未来带来了什么?在生活的仓库里,我们不应该只是个无穷尽的支付者。

多么相似的语调,文章本天成,妙手偶得之。王佩玲认为,雷锋的这段日记,可能受到了保尔·柯察金名言的启示。

这么多年,在中华大地上,雷锋的这段日记同样被无数青年朗诵、背记着,那不光是对生活和梦想的陈述,而是笃定的力量与前行的动力。

走出望城所在的雷锋纪念馆,我想,我该北上了,跟着半个多世纪前雷锋的印记,去鞍钢看一看。

第五章 水泥被子

2012年12月，我随雷锋生前所在部队开展的"重走雷锋路"活动来到武汉，透过冬天白色的沉寂，在微风中，可以听到江水轻缓绵绵的流动。我站在岸边向上仰望，武汉长江大桥如金属色的铁棱，将视域斜分成几何形的两半。大桥横跨于江水之上，它是这座城市的见证者。钢铁浇筑的桥身，不仅属于时而呼啸而过的火车和在铁轨上层行驶的汽车，它同样属于历史。从1957年10月正式投入使用开始，人们仰望着这座大桥所代表的工业水平飞升，那些埋藏在时间深处的种子，在时空的溪流中不断重现；那些前来参观的人们，不停地与大桥合影，在快门按下的那一刻，就等待着被复刻、重读。

1958年11月，雷锋坐上北上的火车，途经武汉时在这里停留。当时间的指针倒转回那个清澈的早晨，上午8点整，雷锋和工友们乘坐的火车到达武昌站，离换乘下一趟列车尚有七八个小时，鞍钢招工小组结合本人意愿，安排工友们在武汉观光游览。雷锋是第三小组组长，他和工友杨必

★ 1958年11月13日,雷锋从湖南赴鞍钢途经武汉时在武汉长江大桥下留影。

华、易秀珍一起，准备去看看武汉长江大桥。

在晨曦的光芒中，江面徐徐展开，阳光洒落，水浪翻动着光影，散着波波点点的幽光，雷锋站在江边抬起头，目光澄澈，突然说了一句："全是钢铁啊！"

和他同行的工友易秀珍，没有听清雷锋的话，就不由自主地问了句："你说什么？"

雷锋用那双乌黑、洁净的眼睛，注视着以前只在别人口中听见、却从未见过的武汉长江大桥。这里的人很多，他们的话语声与江水的浪声混合，仿佛撞击到桥体，发出了特殊回响。雷锋听着听着，对易秀珍说："你们看，那下层铁路桥是什么造的？钢铁！那上层公路桥是什么造的？钢铁！全是钢铁！这需要多少钢铁啊！"

站在旁边的年轻姑娘易秀珍，工友们都习惯叫她小易。小易抬头寻觅着雷锋口中的钢铁，若有所思："不知这些钢铁，是不是鞍钢炼出来的？"

"我国刚刚建成了这座长江大桥，中国的江河多的是，今后还要建多少这样的大桥呢？"杨必华记得，雷锋自言自语着。在他的脑海里，一定出现了有关钢铁的一切，那些关于冶炼、建设的光影，随着翻涌的江水波光晃动。

我走在雷锋当年停留过的桥面，注视着半个多世纪前发生在这里的一切：在江水的倒影中，雷锋的影子仿佛依旧，那些词语似乎在空气中飘荡，带着敬慕，时断时续。正如雷锋所说，在他看到武汉长江大桥后的年岁里，中国确实建设了很多大桥，它们带着中国人的智慧与朴实，向世界展示了通向发展富强的道路。

离开武汉后，雷锋和工友们继续乘车北上。那个年代，中国还没有先进的动车和高铁技术，遥远的路途，需要倒乘多次列车才能抵达。途经北京转乘，这些第一次出远门的年轻人，既兴奋又热闹，因为他们又有了将近一天的时间，可以亲眼看一看祖国的首都北京。

雷锋的工友张建文回忆了很多雷锋在北京的故事。

北京有长城、故宫、颐和园等名胜古迹，而雷锋只选择了他最向往的地方——天安门广场。他一次又一次地注视着天安门城楼，那里有毛主席的画像。此时，历史仿佛开始了巨大的时空叙事。雷锋第一次离毛主席的身影如此之近，他注视着眼前巨大的画像，满怀激情地学着毛主席的样子，用相同的湖南口音大声喊着："中华人民共和国成立了！中国人民从此站起来了！"雷锋多么想见一见毛主席啊！这个改变了小庚伢子一生轨迹的伟人。

雷锋站在天安门前，请照相点的师傅为他照了一张全身照，这是雷锋最喜欢的照片之一。直至今日，透过黑与白交织成像的老照片，我们依然能够感受到雷锋由内而外的欣喜，他的笑容荡漾在空气中，升腾着幸福的气味。

拍完这张照片，雷锋看见不远处有个青年在城楼前骑摩托车照相，这个喜欢新鲜事物的大男孩赶忙跑过去，骑在摩托车上再次与天安门合影。当时，那位按下快门的师傅可能不会想到，这两张照片，将成为多年以后留存下来的雷锋印记，被人们熟识。也许这也正是历史的玄妙之处，本以为无关紧要的瞬间，在人们不经意的时刻，发生并永远被记录下来。

★ 1958年11月14日，雷锋从湖南赴鞍钢途经北京时在天安门前留影。（图一）

★ 1958年11月14日，雷锋从湖南赴鞍钢途经北京时在天安门前留影。（图二）

雷锋随后走在金水桥上，他望了望毛主席像和天安门城楼，小声地问同行的伙伴："你说，毛主席在天安门城楼上吗？"同行的伙伴用相同疑问的目光看了看雷锋，他也想知道毛主席现在在不在城楼上。随后，雷锋走到一名正在金水桥上执勤的解放军战士身边，又问道："能告诉我，毛主席现在在天安门城楼上吗？"解放军战士用眼睛注视着雷锋，没有回答。不知什么时候，雷锋默默地坐在了金水桥上。此刻，在他心中流过一股期盼已久的热流。如果毛主席现在就在天安门城楼里，如果他真的在，是不是可以见到他？雷锋望着眼前的一切，陷入无尽的遐想中。

执勤的解放军战士看见雷锋久久地坐在那里，告诉他金水桥不可以久坐，他看着雷锋小声说："你是不是想见毛主席？"

雷锋一听，立刻来了精神："你见过毛主席？"

执勤战士摇了摇头，说："我在这执勤大半年了，也没见过毛主席。"

"毛主席不是天天在天安门城楼上？"

执勤战士说："毛主席在中南海，天天日理万机，处理国家大事，为全国人民谋幸福。见毛主席的人，要做出大的成绩，应当是英雄模范。"

据张建文回忆，当时雷锋一听，脸一下子就红了。

脸红，说明什么？我不好猜测。其实我能猜得到，我不好猜测的，只是这心底波澜的起伏有多大。我想，雷锋又一次暗下了决心，让自己做出更大的成绩，让自己成为英雄模范，为了见一见伟大的毛主席。

此时，也许雷锋下定决心，期盼着以后再次来到这里、来见见毛主席。但没有人可以预知历史的走向。在雷锋的一生中，这一天也许是他和毛主席"物理距离"最近的一天。在以后的日子里，这个盼望见到毛主席并一直为此努力的年轻人，却最终也没能实现这个愿望。

我乘坐时光的列车，随着雷锋一起，驶入了东北的一座小城，在那个叫作鞍山的地方，火车徐徐停了下来，雷锋和工友们背着大包小裹向鞍钢走去。

1958年11月15日，雷锋成了鞍钢的工人，而"工人登记表"上的入厂时间，是他亲自写上去的。

此时的鞍山，已经进入白茫茫的冬季，冷风从房屋的缝隙和脚下吹来，干枯的落叶顺着风的方向飘移，无处安家。刚刚下过雪的煤厂连同被吹落的枯枝败叶，共同覆盖着棉花似的白色。

原鞍钢化工总厂工段主任白明利一筹莫展，临近年根，生产任务十分紧张，由于推土机作业班缺少能够驾驶推土机的司机，亟待完成的年终任务，仿佛一块沉重的铁器，坠在白明利的心里。他找来车间于主任，想从湖南新招来的青年工人中选一个，最好是从思想到行动都有两下子的青年，要是懂些驾驶技术，那就更好了。

让白明利欣喜的是，没过几天，于主任还真就带来了一个小伙子，于主任兴奋地直视着白明利的脸，仿佛他的眼睛里有一股温热的水流过："白主任，这个青年叫雷锋，他在湖南的时候是开过拖拉机的，还是县里的先进呢！"

白明利打量着眼前这个单薄、瘦小的青年，心里有些不

★ 1958年，雷锋在鞍钢化工总厂时的留影。

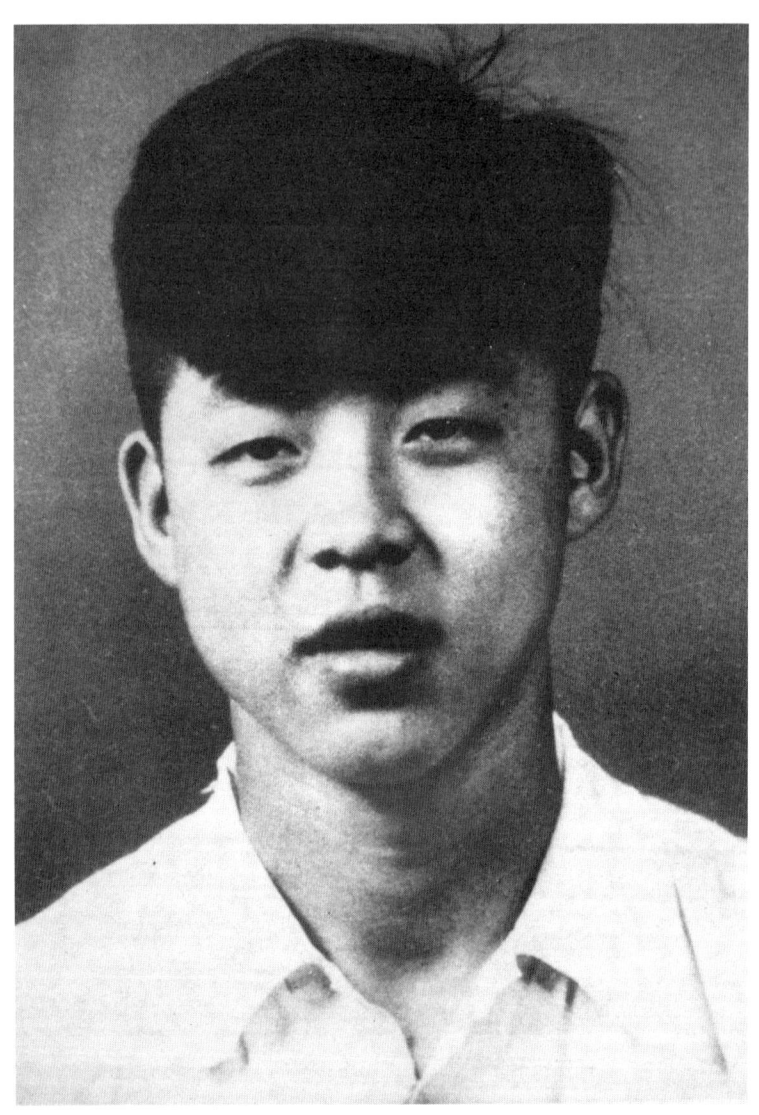

★ 雷锋在鞍钢化工总厂时的留影。

敢相信。还没等白明利说出来，于主任已经读懂了他的面部表情，赶忙告诉白明利，雷锋来鞍钢是想当炼钢工人的；来学推土机，是因为总厂看雷锋有开拖拉机的经验，所以才特意指派过来的。

据原鞍钢化工总厂洗煤车间推土机手李长义回忆，白明利依然有些不敢相信，但最终还是收下了雷锋。

午后的阳光从厂房的屋檐倾泻下来，软绵地覆盖着墙壁上的砖瓦。车间主任走后，白明利和雷锋聊了起来。

"小雷，你之前在农场开拖拉机的时候，每个月挣多少工资？"

"三十二元。"

白明利探了探身子定睛看着雷锋："你知道在这当学徒，一个月挣多少工资？"

雷锋摇了摇头，白明利说："学徒只有二十二元，比农场少十元，你不怕吃亏？"

"吃亏？不，我不是为钱来的。"

"那你大老远地到鞍钢来为什么？"

"为了炼钢嘛，为了1070嘛！"——1070万吨钢铁是中央为1958年确定的全国钢产量。

据李长义回忆，这段话让白明利印象太深了，雷锋的眼睛如天空一样明朗，雷锋的话也让白明利眼前一亮，这个小伙子确实很不一般。

当教雷锋开推土机的师傅李长义看见雷锋时，雷锋正在煤场上停放的 C-80 型推土机旁转来转去，然后迫不及待地钻进推土机的驾驶室里，摸摸这个，动动那个。李长义知道，按照厂里的规定，推土机是不允许一般人随意操作的，他赶紧跑过去呵斥道："谁家的孩子，不去上学，跑这儿来淘气！"

雷锋看见李长义，赶紧从车上跳下来，跟李长义做了解释，李长义这才知道，雷锋是他的新徒弟。他没想到，雷锋这个长着娃娃脸的小个子，已经是个 18 岁的小伙子了。李长义随即打开车门坐进驾驶室里，告诉雷锋，C-80 推土机是苏式重型机械，震动力大，劳动强度也大，冬天作业更是要顶风冒雪，又脏又累。李长义一度担心，南方来的雷锋会打退堂鼓。

事实证明，一切都是多虑了。

师傅李长义为我回忆着他印象最深刻的一件事：

  一天中班，翻车机接连卸下几列车煤，煤场上堆起了几座大煤山，我和雷锋驾机爬上一座煤山斜坡，便于把坡上的煤推下来。谁知爬坡不过几米，发动机突然熄火，十多吨重的推土机斜躺在煤坡上，怎么也开不走，推不动。机械出了什么毛病，一时判断不清，急得我们二人束手无策。雷锋急中生智，想了个救急的办法：先把车子拖下煤坡再说。征得白主任同意，他们找来一条牵引绳，一头拴在门型吊"大腿"上，另一头系在推土机牵引钩上，利用吊车动力总算把瘫痪的推土机拖了下来。推土机一放平，雷锋在里面一操作，发动机又

★ 1959年1月18日,化工总厂门型吊车班师徒留影。前排左起刘德开、赵振海、李长义、王林翠。后排左起雷锋、王凤珍、张淑霞、包头实习生。

"嘟嘟"地发动起来。你说怪不？雷锋问这是什么原因，我告诉他说，C-80快老掉牙了，早就有这个毛病，爬四十几度坡容易熄火。可今天爬的坡不过三十几度也趴了窝，今后爬坡推煤可就难了。

看着在平地上才焕发青春的推土机和一座座高耸的煤山，一个问题摆在了这两名推土机手面前，要想推走煤山，推土机就必须上坡作业，只要上坡作业推土机就会熄火。

据李长义回忆，那日，雷锋是拿着C-80的说明书回去的。第二天，雷锋红着眼睛来找李长义，大概是一夜没有睡，专门研究了说明书的缘故吧！对于雷锋对推土机的分析，李长义这样回忆：

> 雷锋拿着C-80说明书，见了我就说，推土机在坡度较大的地方作业，由于发动机超负荷运转，造成汽缸里进的油和空气比例失调——空气进得多，油进得少，发动机肯定要憋火的。"没错，就是这么一回事。"我一拍大腿高兴地说："你小子比师傅强！"
>
> 我们找到了C-80爬坡熄火的原因，当即改进了操作方法。设法调整汽缸里的进油量，爬几十度的煤坡作业果然不熄火了。这一班，我们二人一鼓作气推平了半座煤山，把昨天爬坡熄火耽误的活今天全给补上了。在生产评比会上，白明利把雷锋好一通表扬。

李长义开了半辈子的推土机，也带过不少徒弟，但在他印象中，雷锋是年纪小、勤学好问、善于思考的那一个。雷锋驾驶过的这台 C-80 型推土机，现在在抚顺市雷锋纪念馆陈列着。

已经有半个世纪，这台推土机没有喷射过热烈的浓烟了，它被纪念馆上方暖黄色的照灯打亮着，没有人知道它的心思。岁月在这台老机器上留下了微妙的变化，如果它可以说话，它一定会给前来参观的人讲述很多故事，那些留在世间缝隙中被铭记的故事。

由于雷锋有开拖拉机的经验，再加上勤奋好学，他提前完成了学徒合同上的各项要求。有这样一个黑皮烫金的证件，记载着雷锋的这段经历。

单位：化工总洗煤车间
姓名：雷锋
工种：推土机司机
评定：经过安全技术规程考试合格允许在 C-80 号推土机工作
主考人：白明利
签证时间：1959 年 3 月 28 日

从到鞍钢开始，雷锋并没有忘记书本的学习，他深知读书学到的东西就像缸里的豆子，一天攒一粒，迟早会攒得盆满钵满，从而得到知识的润泽。

我寻着暗夜中烛火的光亮，经常看见雷锋一个人坐在书桌前、躺在床铺上，有时他也会站在清冷的月光下翻动书

★ 1959年2月23日,化工洗煤车间二、三高产周连评北甲吊车组红旗组。前排左起刘德开、赵振海、闫广全、王金明、王林翠。后排左起王凤珍、张淑霞、实习生、实习生、雷锋、实习生。

页，如果文字中的精灵们没有睡觉，它们一定会睁着大眼睛注视着面前的年轻人，不断给予他新的力量。

来到鞍钢后，雷锋并不孤独，还有很多和他一起从湖南来的工友。

易秀珍、张月棋和杨必华这几个姑娘总在一起玩，她们喜欢每天结束紧张的工作劳动后，去逛逛公园、上街散散步，有时候她们也叫雷锋一起去。

我看着3个姑娘兴致勃勃地去找雷锋，每次都扫兴而回。时间的网格被雷锋一一填满，总有很多事情在等着他——学技术、当夜校教员、给学员批改作业，当然还有雷锋一直以来最热衷的活动——看书。

关于那段日子，原鞍钢化工总厂炼焦车间测温工人张月棋这样回忆：

> 记得一个周末，我们几个又到俱乐部去跳舞，半路上瞧见雷锋也往俱乐部走。我们赶上去。杨必华再次邀请他去跳舞，他哼哼哈哈地答应："好吧，好吧……"可是，进了俱乐部的门，他一头又钻进了图书馆。杨必华和小易这回没客气，舞厅里音乐一响，她俩到图书馆硬是把雷锋拉到舞厅里了。杨必华对他说："业余时间不能光看书。今天我们非改造你这书呆子不可！"她拉起雷锋的手刚要下场，雷锋看见乐队旁边墙上贴着一张"注意事项"，其中有一条："穿带钉子的鞋不准入场。"雷锋笑笑说："杨姐，我这人怕是不好改造了……""我就不信我教不会你。"杨必华拉着雷锋就要教，雷锋马

★ 1959年初,雷锋在鞍钢化工总厂职工业余文化补习班当教员时的留影。

上指着那张"注意事项"说:"你看这里有规定,你再看看我这鞋。"他说着抬起一只脚让她看他的鞋底:前后掌果然钉了不少鞋钉。气得杨必华把他推开了。他像得了救似的又跑回图书馆看书了。

图书馆的窗户半开着,一片旧窗帘分割了窗外明亮的光线,雷锋翻开书,安静地进入了澎湃的文字世界。

易秀珍和杨必华在舞厅跳了一会儿,也没跳出多大兴致就回去了。午后的一阵风,将晾衣竿上的花色床单吹起一个角,在空中上下飘浮。雷锋去图书馆这件事,仿佛也吹开了姑娘们思想的一个角。路上,易秀珍自言自语:"同样是年轻人,业余时间同样是去俱乐部,可有人去读书,有人去跳舞,这是为什么?"

一向爱说笑的杨必华沉默不语,只是跟着易秀珍和张月棋一起往宿舍走去。张月棋接着回忆:

我们回到宿舍,已经很晚了。不一会儿,走廊里传来重重的脚步声。雷锋走路我们能听出来,脚步重而且快。小易说准是雷锋回来了。杨必华拉开门把他喊进来,开门见山地把小易路上提的问题重复一遍,说:"你是怎么想的?请马上回答。"

"这有什么,大家劳动一天,利用业余时间跳跳舞,读读书,我看都是好事情。"

杨必华说:"这等于没有回答问题。"

张月棋顺口冒了一句:"那你为什么只读书,不跳舞？"

小易说："你是不是反对我们跳舞？"

雷锋马上说："不，不！我并不反对跳舞。下次换双鞋我一定跟你们去学学，我看跳舞并不难，跳几次保证能学会。但我反对把业余时间都花在跳舞上。难道你们不觉得，浪费时间就是浪费生命，浪费一分钟是不是就等于死亡了一分钟……"

那天以后，3个姑娘开始跟着雷锋去图书馆看书，雷锋也跟着她们去舞厅跳舞，这几个年轻人一起从湖南来到了东北陌生的城市，彼此相互照应扶持，终于在精神层面也达成了某种默契。

到了春节，雷锋参加了高跷队和联欢会，和姑娘、小伙子们一起热闹玩耍。直到春节后的一天，张月棋去楼上男生宿舍找表哥，看见雷锋正坐在床边上缝补袜子，那是一双破旧的线袜子，补丁和缝线仿佛组成了边界分明的区域地图，江河湖海、道路房屋密密麻麻，张月棋看了看袜子，又看了看雷锋还拿在手里缝补的样子，忍不住想起易秀珍春节前看到雷锋时不经意间笑着说出的话——大过年的也不知道换件新衣服。

张月棋也想说，每次跳舞，大家都穿得漂亮、整齐，只有雷锋总是穿着那件褪了色的蓝色夹克，旧罩裤膝盖上趴着显眼的补丁，一双旧胶鞋从来没换过。现在又在缝补那双早就该"退休"的线袜。张月棋没忍住，上去跟雷锋说：

"哎呀，雷锋，袜子穿成这样了还补啊！难怪小易让我批评你，春节跳舞还穿带补丁的衣服，平时出去玩玩也……你看楼上楼下谁像你，连件像样的衣服都没有，你没钱买吗？"雷锋笑着说："咱们都是徒工，穿的戴的，能对付就对付吧！"

据张月棋回忆，那天她跟雷锋说完话，就去找表哥了。表哥告诉张月棋，雷锋只是省了自己，对别人却是非常大方的。春节的时候，大家都想着往湖南老家寄些钱去，有的老乡钱不够，雷锋就把自己的钱拿出来，给老乡家里寄。刘大兴就是他们的工友，过年的时候他给母亲寄去了50块钱，雷锋给拿出了30块。张月棋听见表哥这样说，仿佛一下子明白了，她还把这些事情告诉了易秀珍和杨必华，她们也非常感动。

但感动归感动，雷锋也不能总穿旧衣服啊！旧衣服会随着时间变得苍老，该买还是得买啊！让雷锋买新衣服的事，就像一粒等待萌发的种子，落在了易秀珍和杨必华这几个雷锋的好朋友心里。

春天，厂里的晾衣绳上开始挂着一些刚刚洗过的、薄一些的衣裳，滴滴答答淌着水，阳光铺洒在上面，散发着淡淡的肥皂味。易秀珍和杨必华又去游说雷锋买新衣服。这次，雷锋的脸有些发红，但最终还是答应了。对于这个"新"，我们看出雷锋其实有他的向往和期待。从本质上说，雷锋是一个爱美的人。而在那样一个年龄，他的爱美，又何尝不是一种值得尊重和赞扬的品质？张月棋抬起头，仿佛看见了多

年前的情景,继续回忆着:

> 一个星期天,我们三个女伴晚饭后没事,想到楼上男宿舍去聊聊天,刚走到他们宿舍门前,忽然听屋里传出一阵说笑声:"瞧啊,雷锋这一身打扮,更漂亮了!"我们推门进去一看,原来是雷锋在伙伴们的说笑中正试穿一套新衣服:棕黑色皮夹克,深蓝色料子裤,脚下是双黑亮的皮鞋。床边还放着一瓶"友谊牌"雪花膏。我们一时都愣住了。杨必华像是不相信自己的眼睛,不住地打量这个英俊的小老乡,连连说:"不错,不错,现代化工人就该是这个样子!"我心说,这个小老乡打扮起来真够帅的。小易在一旁抿着嘴笑着,眼光里闪出少见的喜悦……

北方的春天就像一个迷人的姑娘,轻轻地留下一个微笑,就转身走了,徒留一丝清浅的丝蕴在空气中。闹腾的蝉,不知不觉已张开飞翔的羽翼,开始了夏天鸣唱的联欢。而令人奇怪的是,这样的季节变换,似乎并未改变雷锋身上日益增多的补丁。那天雷锋穿的那套使空气中充满肯定与夸赞的新衣服,似乎再也没有出现在工友们的视线里,雷锋依旧穿着以前的旧衣服,出现在人群之中。张月棋回忆道:

> 我们一再问他买了衣服为什么不穿,开始他只说穿新衣服不舒服、不习惯。后来见我们如此关心这件事,他便拿出一封信对我们说:"给你们看看这封信就明白

★ 1959年4月11日,洗煤北甲吊车第五高产周评为红旗组全体合影。前排左起崔庆斌、姜士安、王金明、闫广全、马锡志、王林翠。后排左起实习生、雷锋、实习生、包头实习生、张淑霞、王凤珍。

了……"

……

这封信,是县委书记赵阳城同志写给他的。信写得十分恳切,希望雷锋"在伟大的工人阶级队伍中,更加自觉地接受党的培养教育,认真学习,努力工作,艰苦奋斗,永不忘本,把自己锻炼成一个具有共产主义觉悟的真正的工人……"

雷锋说:"我在青年商店买完衣服后就接到了这封信,接到了赵书记这封信。对照我搬到鞍钢以后的思想变化看这封信,越看越感到不安,就像赵书记站在我面前说:'小雷呀,你忘了自己是个苦孩子,可不能忘本……想一想,我从农场来到钢都才几个月,正在学徒,工作还谈不上有任何贡献,现在就讲究起穿戴来,确实有点忘本了。'"他禁不住又说到他在旧社会的苦难经历上去了。

从那之后,这套棕黑色皮夹克、深蓝色料子裤,还有那双黑亮的皮鞋,就被雷锋放了起来,任由时间和岁月的浮沉,在上面留下缥缈的印记。记忆一直钟爱那些显著的标识,在提及雷锋时,人们无数次地说起这套当时看起来极为时尚的装束,而青春的年岁谁不想追寻新意呢?这套代表了青春和新意的衣服,就此被雷锋搁置了,它们如今在纪念馆里闪烁着那日黄昏的柔光。

没过多久,鞍钢化工总厂决定在弓长岭矿山附近新建一座焦化厂,新厂在大山沟里,据说条件非常艰苦,建筑工地

★ 1959年12月,雷锋身着棕黑色皮夹克、蓝色毛料裤和黑皮鞋,在鞍山照相馆拍了这幅照。

★ 1959年8月，鞍钢在弓长岭矿山新建一座焦化厂，雷锋报名参加了条件艰苦的新厂建设。这是他与一起到鞍钢工作的故乡好友的合影。后排左一为雷锋。

需要推土机手和青年骨干，雷锋主动请求加入。在讨论会上，雷锋说：

> "不经风雨长不成大树，不经百炼难以成钢。迎着困难前进，这也是我们革命青年成长的必由之路。如果领导批准我去，我愿到最艰苦的地方锻炼自己。"

雷锋的这段发言，让工友张月棋想到了《钢铁是怎样炼成的》一书中的情景。刚来鞍钢的时候，张月棋曾经对工作产生过抵触情绪，她从小跟着母亲学绣花，16岁就在湘绣厂做过手工工人。来到化工总厂，分配给她的是配煤的工作，那时，心里苦闷极了，后悔跑这么远还做这么辛苦的工作。后来雷锋把《钢铁是怎样炼成的》一书塞到了张月棋手中，让她从头到尾好好读一读。没想到，当张月棋读完后，情绪渐渐振作起来。工友们发现张月棋的变化，也争相读了这本名著，大家都希望像保尔一样，为祖国贡献自己的一份力量。

雷锋去弓长岭焦化厂的申请，很快得到了总厂的批复。临行那天，这些一起从湖南来的年轻人，还有在鞍山结识的工友们都舍不得雷锋。张月棋在岁月的光晕中这样写道：

> 临行那天，雷锋来到我们宿舍告别。说真的，我们舍不得这个小老乡离开我们。杨必华像亲姐姐为弟弟送行一样，东叮咛西嘱咐，话儿很多。小易一旁眼巴巴地看雷锋，一再说"走了别忘了来信"。这时，我忽然想

起这本我们几个都看过的书(《钢铁是怎样炼成的》)还在我手里,赶忙找出来还给他:"谢谢你。我不会忘记保尔,也不会忘记你的。"

"我不能带很多东西去,把它留给你们吧。"说着他从裤袋里掏出那瓶"友谊牌"雪花膏,把它放在桌子上,"这是和皮夹克一块买的。我一次没用过,把它也留给你们吧。"他还特意对我说,"张姐你这双绣过花的手还是需要用它保护的……"

就这样,雷锋奔向了新的地方,那是一个什么样的地方呢?我远远看着。

当雷锋在黎明之前醒来,工友们欢送的身影仿佛还在眼前晃动,自己好像身处一个极其遥远的城市,他聆听着窗外的风声,树枝的晃动吹卷着滔滔思绪。这个带着祖国哪里需要他就去哪里想法的年轻人翻了个身,再一次进入梦乡,在这个所有人看来都非常艰苦的地方。

这个地方是动迁后的土民房,外面总有不安分的风从墙壁的缝隙中偷偷潜入,跟蚊虫一起轻扰睡梦中的工人。对于参与这些弓长岭焦化厂建设的首批工人来说,一切都是临时搭起来的,吃饭在临时搭起的大席棚里,吃水要去二里地远的姑嫂城去挑。当太子河的河水干了以后,工人洗衣服也成了难事。虽然外部环境比不上鞍山,但是为了祖国的建设,大家的心依旧火热。

那时弓长岭焦化厂才刚刚打地基,为了能够实现年产30万吨焦炭的目标,建设速度不得不往上提。这样一来,一批又一批工人从鞍山来到弓长岭。雷锋是这一年的8月20日来的。

为了更清楚地知晓雷锋在想什么,我翻开了雷锋日记。

1959年8月26日,雷锋写下了来到弓长岭后的第一篇日记:

> 自从由鞍山转到弓长岭以来,自己就抱定决心:一定要很好地工作、学习,争取加入中国共产党。对各种学习任务都能认真完成;自学较好,每天早晨学习一小时,晚上总是要自学到深夜10至11点钟;早晨坚持做早操,没有违犯过纪律,都能按规定去做。今后,我应当继续加强组织纪律性,向违法乱纪作斗争,严守纪律,听从指挥,做好机器检查和保养,保证安全,消灭事故。努力学习政治,开展思想斗争和批评与自我批评,加强团结,虚心学习。

雷锋的日记记录了什么,当然是奋斗的决心。

8月的弓长岭,没有南方夏日火烧般的燥热,清晨,天空宁静蔚蓝。在雷锋宁澈的目光中,这种天空中游弋的宁静感之下似乎埋藏着某种力量,它们像地下亟待破土而出的嫩芽,奋力向上生长着。雷锋是作为推土机手申请来到弓长岭的,但人刚到,一时还没有推土机开,他就跟工友一起运木料、石头,将工友们的好人好事编成快板或写到墙报上去,做着一切自己可以做的事情。

我在时空的旋转中一点点走近这里,站在墙报前,正在阅读雷锋写的好人好事。突然,一个熟悉的身影闯了进来,她用明澈的目光注视着眼前的一切,她是……哦,她是易秀珍,雷锋的工友,她正挎着行李包,一边往这边走,一边左右看着,打量着周围的一切。

在雷锋到达弓长岭后不到一个月,易秀珍也被分配到了这里。让她没有想到的是,这里条件如此艰苦,但每天雷锋却还是乐呵呵的。不仅如此,雷锋每天工作完,还能抽空看书学习。

一天晚饭后,易秀珍来到雷锋住的土房里,发现他正坐在通铺上写着什么,易秀珍回忆着当时的场景:

> 我悄悄凑近跟前一看,原来他在写日记。他扭头看见了我,赶忙合上了笔记本。我说:"不要对我保密了,净写些什么'青春'呵,'美好'的,我都看见了。"
>
> 他冲我一笑,索性把日记本塞到我手中:"拿去看吧,管够看,我的日记对谁都不保密。"我坐在床边,心想不管你保不保密,反正我要看看。

让易秀珍没有想到的是,第一个吸引住她的是黄丽写的"临别赠言"。易秀珍再往后翻看,发现雷锋的日记都很简短,很少叙事,多是感怀言志的。

> 我把日记本还给他时,他开玩笑地说:"看出什么秘密了?"
>
> 我说:"你这个人是透明的,一眼就能看穿,能有

什么秘密。"

易秀珍说得没错,她面前的雷锋,确实是个透明的人,他没有特别的、唯独留给自己的秘密,尤其是那种沉默和幽暗的秘密。他不需要这些,这样的新生活,就是他向往和期待的。因此,他不再需要像小时候那样,察别人之颜、观别人之色,努力让自己生活在一个不被注意的角落里。此时,他要的就是敞亮,放开。他对任何人都是完全敞开的,哪怕是记录个人生活的日记本。

对雷锋的记忆,还有一件事让工友易秀珍终身难以忘记,我认为也是雷锋在弓长岭时期最值得人们记住的事。

没有人知道那夜的雨是什么时候开始的,黏稠的夜色笼罩着大地。易秀珍刚想休息,就听见窗外阵阵急促的脚步声,缥缈的声音在雨夜中回荡。睡意被冲刷得所剩无几,易秀珍赶紧披上外衣出门,想看个究竟。但那时的弓长岭,到处是荒芜和亟待开垦的土地,只要夜幕笼罩,便陷入黑色的浓稠。易秀珍什么也没看见,只听到远处好像有人在说什么东西淋雨了。易秀珍回忆说:

> 第二天醒来才听说,是工地专用列车上昨天没卸完的几车皮水泥没有盖好,下雨时装卸工人都不在,雷锋正在新建的调度室看书,忽然想到这个情况,急忙跑回住处又找东西又喊人。一时找不到遮雨的东西,他伸手就把自己的被褥抱出来,跑去盖在水泥上了。大家在工地上找些雨布、芦席等,抬的抬,盖的盖,终于

使7200多袋水泥没有受大损失。我赶忙跑到现场一看，乖乖，雷锋那套蓝花布被褥，盖在了水泥车皮上。大家七手八脚帮他把被褥拽下来，将里面的雨水拧拧干，没有一个不夸奖雷锋"舍己为公"的。团总支李书记当即指定我和于姐（一位女技术员）帮助雷锋拆洗被褥。

没有人知道，雷锋那晚是怎么睡的。或许，雷锋自己也没想过把被子盖到水泥上面后，自己睡觉盖什么。当时情况紧急，他一定是顾不上想这些的。

让易秀珍最头疼的是，被雨水浸泡过的旧棉絮，无论怎样烘烤，都是硬邦邦的，就像一块块被风干了的馒头，无论如何都恢复不了最开始的柔软，易秀珍回忆说：

> 这样缝做起来盖在身上，肯定是既不暖和又不舒服的。这可怎么办？去买新棉絮吧，当地无处去买；去向公家要一床，雷锋肯定不会同意。想来想去，我忽然想出一个主意：先把我的棉絮悄悄换给他，以后进城我再买床新的。雷锋这人的脾气谁都知道，他肯定变着法儿帮助别人，决不肯让别人为他做任何牺牲，哪怕是一针一线。所以这件事，是不能让他知道的。

易秀珍精心将被子芯替换后，当天晚上就送到了雷锋手里，雷锋开心坏了，一直在感谢她们针线好、缝得快，但是，聪敏的雷锋一拿到被子，就好像感觉到了什么，他拍打着被子，捏了捏……

大约就在此时，当我看见雷锋抱着被子回到住处时，一股浓浓的暖意瞬间袭来。这个经常给别人带来温度的大男孩，今天也收到了工友的回馈。其实，他心里清楚，他都清楚。

时间一步一步地向前行驶，雷锋入伍了。关于他入伍的细节，我们放在了后篇。现在雷锋刚刚接到"入伍通知书"，来和大家告别。他特意跑到易秀珍面前，将那床拆洗过的被褥整整齐齐地交到了她手上，说是让易秀珍帮着保存。易秀珍这样回忆当时的情景：

"小易，山沟里天气冷，不要再盖我那床硬撅撅的棉絮了……"

"怎么，你已经晓得了？"

"你的心意我是知道的。你帮我拆洗了被褥的第二天，趁你不在屋，我去翻看了你的被子里的棉絮，于姐也告诉了我，你别以为谁都不知道……"

原来，雷锋从接过这床被褥，就隐约感觉到了，易秀珍将自己被子里的棉絮换给了他。为了确认这件事，雷锋还特意跑过去查验过。

时空斗转，这床珍贵的棉被，如今被保存在雷锋纪念馆里，时刻为前来参观的人们讲述着雷锋当年保护国家财产的故事。而这时光的替代物，也最终成了工友易秀珍脑海中关于雷锋的深深记忆，就像这床被子一样，带来了无限松软与温暖的回忆。

第六章 入伍通知书

雷锋是一名解放军,这一点显而易见、众所周知,但当我回望半个世纪前的旧岁月,在厚厚的资料中寻找雷锋入伍时的点滴光影时,那些记录的文字像电影一样在我眼前重现。寻着历史的足迹,我反复探寻,触摸到了时光的肌理。只是看着看着,一些片段让我倍感惊讶。原来,这个从小就经受了苦难的年轻人,在实现自己理想抱负的必经之路上并非一帆风顺,他站在焦急、苦恼、无助和希望之间等待、寻觅,在交织的时空当中,那团迷雾久久不散。

1959年12月3日,弓长岭焦化厂召开了一次重要的会议,这一天,雷锋等很久了。国家下达了征兵命令,厂里鼓励广大青年踊跃参军。在随后的党总支召开的全体职工动员大会上,雷锋第一个登台表达了想要当兵的决心。

这一天,一切看上去都没有一星半点的不同,但当大会结束后,时任鞍钢弓长岭焦化厂的总支书记李钦荣,却躺在办公室的床上,心情久久不能平静。他反复回忆着白天大会上这些想要参军的每一位热血青年。应召入伍是好事，但其中有一个人他是怎么也舍不得的。这个人来的时间不长，也很年轻，却表现出了非凡的干劲和勇气。如果他去参军了，焦化厂将少一个可以带动大家的年轻骨干。正当李钦荣反复琢磨时，这个人敲开了他的办公室门。

"我是小雷，李书记，我能入伍当兵吗？"

"小雷赶紧回宿舍休息，我一定大力支持你的行动，想办法送你参军，成为一名真正的共产主义战士。"我话是这么说，但思想上却是非常矛盾。像雷锋这样的青年工人，到厂仅仅几个月，就处处表现突出，作为厂的书记我怎么能舍得放他走呢？可是又不好正面公开阻拦他一心应征报国的行动；所以，第二天只好同厂征兵办的同志顺便说了一下，让他们最好留下雷锋。

从李钦荣书记的这段回忆中，我们可以看出李书记对雷锋的肯定。只不过，书记的身份让他又多了一层考虑。为了焦化厂的发展，他想保留人才，留下雷锋。

就这样，领导对下属的惜才，却意外地让雷锋的当兵之路多了些许风雨。

时间来到第二天，我们一起看看雷锋在日记中的记述。

1959 年 12 月 4 日
……
今天一清早，我就到车间报了名。现在，我的愿望就要实现了，我怎么能够不高兴呢！只要组织上批准我入伍，我一定要把自己最可爱的青春献给我们的祖国，做一个真正的共产主义革命战士……

透过清晨的微光，一股暖流涌入雷锋的心里，这暖意早就在了，从他儿时第一次见到解放军开始。只是今天，当自己长大，可以报名参军时，那份梦想慢慢从雏形变得可以触碰，成了一张实实在在的入伍申请表。

雷锋一次又一次地跟组织和身边的工友表达自己当兵的意愿，1959年12月9日，还在弓长岭《矿报》上发表了一篇《我决心应召》的入伍申请书：

十二月三日，当我听到车间总支李书记的关于五九年征兵的报告后，我激动得一时一刻都没有平静。深夜了，我怎么也睡不着觉，便从床上爬起来，跑到了车间办公室，叫醒了已睡熟的李书记，我问他，我能不能入伍呀！李书记笑着回答说："能呀。像你这样身强力壮的小伙子，参加人民解放军是顶呱呱的哩。"他从头到脚仔细地看了我一下说："哎呀，小雷怎么没棉衣呀！下这么大的雪，不冷吗？"这时我才觉得穿一套单衣有点寒冷，李书记把棉衣披在了我的身上。回到了宿舍，我还是不想睡觉，坐在条桌旁边写我入伍的申请书和决心书。

第二天一早，我想到车间去报头一名，天还没亮，哪知道回收工段适龄青年马守华同志比我更早，头一名让他得去了,真想不到我报的还是第二名。

参军!是我从小就有的愿望,人民解放军不仅是一个革命团结友爱的大家庭,而且还是个培养青年的革命大学校。我的愿望就要实现了,怎么叫我不高兴呢。

……

你的愿望就要实现了,怎么叫你不高兴呢。

当我坐在书桌前,跨越时空的阻隔,用键盘不断敲击着雷锋的过往,我们期待的这一刻终于要到来了——从雷锋书写《我决心应召》开始,这一当兵入伍的意愿便被记录下来,那不再是脑海中别人不曾看见的思绪,也不再是对他人的口头表达,而是真真正正地用手中的笔触碰到的当兵理想。

每个人都有理想,或大或小,而它们最初都始于心中的一个想法,一个迫切且热烈的想法。至少,在我看来,那些最终实现了人生理想的人,一定是有一个坚定且一直愿意为其坚持的向往在心中。而这个在个人世界中不断被追寻的向往,会一路带着他、牵着他,最终化身为理想的模样。人们常说,热爱可以抵御岁月漫长,当我们在为了理想而不断努力向前时,那些实现过程中的困苦、无助、煎熬与等待,都会在理想被实现的那一刻化为春风拂面,变成愉悦的果实。

此时此刻,雷锋已经开始了实现当兵理想的第一步。他是多么的期待,这个他从小就有的愿望,终于在数年后有了实现的基点;他是多么的心急,他想天不亮就跑过去报名,他想第一个报名,他生怕去晚了就报不上了。雷锋啊雷锋,你生动得就像一个想得到心心念念玩具的孩子,你迫不及待的样子像极了我们每一个人。你有血有肉,你的"心急"又一次让我感受到了那个可以触碰和接近的雷锋。是啊,这个时候的你还不到 20 岁,你当然有着你的小小期待与兴奋,你当然有着你的"按捺不住"与期盼,虽然我早已知道你的所有故事与结局,但看到这里,我还是抑制不住地跟着你紧张起来。

如果你知道在数年后的今天,有那么多的孩子因为你的出现,而追随你的理想;有那么多的年轻人因为你的出现,而像你一样去参军;有那么多的青年因为你的出现,而像你一样为祖国抛洒热血……你是否会嘴角露出标志性暖阳一般的微笑?不等你回答,我仿佛已经看见了。

虽然雷锋入伍的意愿,炙热得如火山岩浆一般,但入伍之路并非一帆风顺。

12 月 10 日,辽阳兵役局和接兵部队的同志来到矿上对应征青年进行目测,雷锋第一轮就被"淘汰"了,原因是身材矮小。

身高,这个从小就给雷锋带来无数次磕磕绊绊的词汇,再一次出现了。

这样一来,就意味着雷锋失去了入伍的体检资格。雷锋急急忙忙找到弓长岭焦化厂的保卫干事金守成。金守成当时在厂里的征兵办,负责应征青年的政审工作。但无论金守成跟接兵的同志怎么说,那边都不同意,后来接兵同志的汽车开动了,雷锋不死心地在后面跑呀跑呀!据金守成回忆,那日，雷锋还真硬从车尾爬上了汽车。

我站在那年的公路上，心疼地看着那个奔跑的背影。在这样一个哈气成霜的冬日，他慢慢远去，最后和车一起，变成了一个小黑点……

12月22日，辽阳进入隆冬季节，天空一片萧瑟，前来应征的青年聚集在辽阳小屯新兵体检站，哈气从口中呼出，形成一个个看得见的气团，随后风干在淡色的冬日里。

戴明章是前来接兵的军务参谋，他在这一天第一次见到了雷锋。那个时候，他不可能预见到雷锋这个名字将会作为一个时代的符号，影响着华夏大地的精神传承，但他看到了雷锋的与众不同。他在当天的日记中这样记载：

12月22日

　　昨晚从刘二堡返回到辽阳，今天又来到了小屯体检站。负责这个体检站的医护人员有的是市医院的医生，也有华子矿的医务人员。

　　今天进行体检的新兵除临近农村的外，主要是弓长岭铁矿的应征青年。

　　在体检过程中，应征青年在小学校的窗外、操场上三五成群，怀着一种不安的心理，向被体检完的人问东问西。尤其一大伙人围着一个不太高的小伙子，听他挥舞着小拳头大讲家庭如何贫困，怎样受日本帝国主义压迫，表示参军是为了保卫祖国，为阶级弟兄报仇等等，慷慨激昂。当他见我凑拢过去之后，便靠近我，并用手拉着我的衣襟，死命地纠缠住我，非要我批准他当兵不可。逗得周围的人们好笑，经我询问体检组的护士华子矿的小韩这个青年的名字时，她们告诉我叫作雷锋。可以看得出来，他是一个好青年。

这件事，让我看到广大青年对于解放军是无限热爱的。

对于雷锋来说，也许当时他也没有想到，最后自己能参军入伍的关键人物，就是这个被他"缠住"的戴明章。如果没有戴明章后续所做的一系列努力，雷锋很可能会错过入伍的机会，也就没有了以后的故事。

很显然，这一天，虽然雷锋硬是参加了体检，但不足一米五七的身高和不够55公斤的体重，再一次被判定为不合格。一心想成为解放军战士的雷锋索性向厂里请了假，从弓长岭走了几十公里来到了辽阳兵役局。他想找到兵役局政委，看看当兵的事是不是还有缓和。雷锋到的时候，政委刚好不在，心情迫切的雷锋，甚至在值班室里等了一夜，才见到了政委余新元。

雷锋跟余新元政委表达了自己想当兵的强烈愿望后，并没有立刻回去，他给政委讲了自己的苦难身世，又聊起了自己看过的书。余新元看着眼前这个年纪轻轻的大男孩，不仅看过世界名著，还读过《毛泽东选集》，有好多内容竟然能背诵下来，意外之余竟有些喜欢眼前这个因为身体原因而没能合格的小伙子。雷锋跟着余新元，给他端茶倒水，最后干脆拎着包住进了余新元家里。雷锋实在太想当兵了，他扫地、打水、擦玻璃，经过几天的相处，连余政委的爱人田儒文都觉得这个小伙子非常不错。

余新元说:"雷锋是一个什么事都能看出火候的人,那时候国家处于困难时期,没有那么多套新军装给入伍的战士穿。雷锋看到后,将好几十套破旧、不合体的军装拿过来缝补,一针一线,缝了63套,手磨出了血泡也接着缝补。"余新元心疼雷锋,让他别缝了。但这个一心想着缝好了新战士就能有合体军装穿的大男孩,并没有停止。

有一天雷锋问余新元:"我当兵走不上,以后到武装部行不?在这干,以后当兵还有机会。"余新元就说:"行啊!我们武装部每年送兵嘛!"经过一些天的接触,余新元觉得,雷锋确实很不一样,在充分了解了雷锋的品质和为人后,余新元决定帮助雷锋。

余新元决定帮助雷锋,主要基于以下的回忆:

> 他在政治上有很多优越条件:一是他家庭出身苦大仇深,受民族压迫最深,所有的亲人都被万恶的旧社会夺去了生命。二是雷锋同志是毛泽东思想哺育成长起来的。一至三卷《毛泽东选集》,雷锋把所有的文章都看了,而且主要内容他都能背下来,他的一言一行,可以看出,他每时每刻都是按毛主席说的去做,而且都是自觉去做。第三个原因是雷锋当时是各条战线的先进代表人物,他在农业战线上是个优秀的拖拉机手,在工业战线上历次被评为先进生产者,多次被评为标兵和红旗手。所以他要求参军,受到地方政府、县委,尤其是武装部门的支持。实际行动上,他从征兵宣传一开始,就

去报名，每天到我们当地武装部门打扫卫生，生炉子，常常是废寝忘食，他还到征集站生炉子，给医护人员打水，走到哪儿把好事干到哪儿，做的好事数不胜数。

根据以上情况，我们认为雷锋同志虽然身体条件差些，但他有优越的政治基础。一定要想方设法和部队接兵的同志做好协商工作，送他到部队去。

眼看着入伍的日子越来越近，雷锋每天都像热锅上的蚂蚁一样等待着，而政委余新元提到的部队来接兵的同志，正是军务参谋戴明章。

1960年1月2日是新兵集中的日子，军务参谋戴明章清楚地记得，上午10点左右，弓长岭矿的新兵已经来到了大门口，他们排成两列，雷锋走在最前面，单人成行。也许，成为一名解放军战士对于雷锋来说，实在太迫切了，想让自己的形象更好，也许可以加点印象分，所以，他换上了自己最好的行头——棕黑色皮夹克、蓝色料裤、高腰皮鞋配一个棕色小皮箱，系着红绸，还挂着一朵大红花，黑皮火车式的棉帽下露出一半椭圆形刘海，活泼而有生气。戴明章看到雷锋，自然一眼就认出了这个精神饱满的小伙子。早在第一次小屯体检站的时候，雷锋就给身边人讲过自己的苦难身世，让他印象深刻。他们相视一笑，都认出了彼此。戴明章回忆着：

新兵集中的当天下午，快要开晚饭的时候，我当时正聚精会神地忙于核对新兵名册、清理入伍新兵的各项

★ 1960年1月8日,雷锋从辽阳光荣入伍,这是入伍前的照片。

手续及档案。突然,辽阳市兵役局余政委(中校)手拉着雷锋进到屋里,走近跟前对我说:"戴参谋,你正忙哪,我给你送来一个小便衣通信员。这个小雷锋老是跟着我不放,非要闹着当兵不可。你看怎么办?我看你先收下,完了再说……"就这样,老政委把小雷锋交给我,转身走出了房门。

余政委一走,雷锋直愣愣地站在戴明章面前,关门的余音仍在空气中飘荡,两人四目相对,传递着简明易懂的信息。雷锋黑亮的瞳孔中充满着对军装的渴望,戴明章心领神会,他从第一次见到雷锋起,就知道这个年轻人在想什么。当雷锋的目光与戴明章相遇后,撞击出的是理解与同情。虽然他们谁也没说话,但一切都已经不言自明了。

沉默了一会儿……终于,还是雷锋机灵,他像一个训练有素的小通信员似的,首先开口:"戴参谋,已经开晚饭了,走,吃饭去吧,我给您拿碗。"于是我们一起去食堂就餐。在往食堂去的路上,他紧跟着我,不时地用手拉着我的衣服,央求着说:"戴参谋,这回可以确定我当兵了吧?老首长余政委叫我给您当便衣通信员,若是您已让我换上军装不就是部队的正式通信员了吗?对吗?我行,我当过通信员,还在家乡的县委当过公务员哩……"

雷锋不断在戴明章那里推介自己,他希望能把所有的光环都汇聚到一起，让这些汇聚起来的光照亮当兵的路。戴明章看着雷锋稚嫩的小脸，他那一心想当兵的样了，虽然让戴明章没有说什么，但不知不觉在这个军务参谋心里种下了一颗小种子，他开始喜欢雷锋了。

晚饭后往回走的时候，他们碰见了李恒基教导员和荆悟先营长，戴明章把余政委将雷锋送过来的情况跟他们说了说，引起了教导员李恒基的好奇。

"这个娃还怪机灵的哩！你为啥要当兵哪？"

"……为了打倒帝国主义、给阶级兄弟报仇，为人类解放而献身……"

雷锋的话并不空洞，从小到大，他将仇恨慢慢转化成了对共产党与人民的爱，他想用自己的力量去回报党组织，用当兵去报效自己的国家。

"营长、教导员、戴参谋，您们不知道吧？我为了要当兵，连什么东西都不要了。厂里的李书记不愿让我走，我就找辽阳市兵役局。讲给您听吧，余政委的家我都去找过，反正我就是一心要当兵。连老政委的家属都很同情我当兵的请求；可是她说了不算。不然能让我给您们当便衣通信员吗？现在我知道了，您们三位就是接新兵说了算的首长，您们就批准我当兵吧，行不？"

他的话像连珠炮似的，简直使你没办法插言，逗得我们三个直是好笑。后来荆营长漫不经心地带有试探性用玩笑的口吻说了一句:"我们都不同意,那怎么办?"雷锋骤然一紧张,看样子是信以为真地紧接着说:"您们不接我自己去,您们带新兵回部队我就跟到部队去。"

单纯耿直的回答,让3个接兵干部感到,眼前的年轻人也许早就铁了心,虽然有些直接,但他们确实被这种迫切想要当兵的热情感染到了。

新兵集中后的第二天,开始发军装了,但军装只能发给各方面入伍条件合格的人员,其他缺手续或体检没过关的人,被统一编入预备队,列为复查对象,在未做最后确定之前,是不能换穿军装的。而预备队里,就有雷锋。他显得比任何人都紧张,急得团团转。

在接下来的几天里,雷锋一步也没有离开戴明章。新兵营营部在南林子工农干校一楼的一个教室里,戴明章每天用学生书桌拼凑起来当床,雷锋就睡在戴明章旁边。而就是这种短暂而又细致的接触,让雷锋在戴明章心中的轮廓逐渐清晰,同时也让戴明章看到了雷锋身上掩藏不住的光亮。

雷锋在作为便衣小通信员的几天里,恪守本职又非常勤快。他看到戴明章和一起忙的参谋们每天为了新兵入伍的事情忙到后半夜,雷锋就把洗脸水、洗脚水都倒好,早晨再早早起来叫他们起床,室内外卫生打理得干净整洁,可谓是一个尽责尽职的小通信员了。他缓解了这些前来招兵的参谋们的疲累,也用自己的一份力量,为招兵工作做了贡献。

实际上,虽然雷锋在短短的六七天里表现不错,但这也只是衡量他个人素质的一个小小分子,真正决定雷锋可以当兵的其实另有原因。

很多人都知道,雷锋个子不高,身材瘦小,但这并不是当时差点没能参军的真正原因。军务参谋戴明章在他的回忆里,特别还原了雷锋被批准参军前后的真实过程。

对于雷锋的身材,戴明章认为,虽然大多数人没有见过雷锋,但通过雷锋留下来的照片可以看出,他在战友中并不算是多么瘦小,虽然个子不高,但体型匀称。所以,雷锋差点没能参军,其实另有原因。戴明章这样说道:

> 在我们挨着同住在一个床的时候,有一天,他从背包里掏出一个小笔记本子给我看。里面贴了好几份从《鞍山日报》《矿报》上剪辑下来的关于对他模范事迹进行报道的通讯文章。雷锋一贯表现出色,很自然,领导者对他是无不喜欢。正因为这样,所以,不管他要求当兵的心情是多么迫切,他所在厂的一位李书记完全出于好意根本不想让他走,这才是他参军受到阻力、产生一些困难的基本原因。

看到这里,我惊讶地张大了嘴。

按征兵政策规定,有两条是绝对严格不得违反的。一个是年龄限,前后差一天不准接;一个是政审表,盖章不完全不能征。而雷锋,虽然跟同初检合格的青年一起在南林子新兵集结地点集中;可是,经陆海军复查合格后,几乎所有新兵都换上新军装的第六天,他依然是我们的"便衣"通信员。

当时的雷锋,只能用"急得像热锅上的蚂蚁"来形容；当时的我们，也确实为他出力说情。但是，经我几次同兵役局的一位纪助理员联系，他答复说："厂里保卫部门不给出具政审表。原因是1958年雷锋进厂时没有原始档案……"

而一个未经政治审查的新兵，是无论如何也不敢收的。戴明章回忆：

> 实际上，雷锋本应参加海军，可是就因为这个问题，旅顺口海军基地的李大队长坚决不接收他参军。

那么，雷锋为什么最终又参军成功了呢？

首先，戴明章认为，参谋是为组织出谋划策的角色，对接兵过程中发生的问题及对问题的处理，也负有一定责任，必须当机立断。其次，雷锋当兵心切、表现好，虽然应征手续不全，但可以想办法解决。

最终，戴明章想出了一个办法：

> 经手接过的新兵，带回部队后，要进行适当时间的检疫隔离和新兵训练。在此期间，一旦发现某一个新兵因身体条件或其他政治原因不适合留在部队，允许按照国防部关于非战斗减员的规定办法，作新兵退回处理。但这样退回新兵的缺编人数，上级不再给予补充。这就是说，借助这一规定，可以先把雷锋带回部队，万一不行再说。

但戴明章毕竟只是一个军务参谋，雷锋能不能就此入伍，还必须要请示另外一个人，他就是当时招兵部队的团长吴海山。

1960年1月7日晚，团长吴海山刚刚在家吃过晚饭，电话突然响了，通信连总机接通了戴明章打来的电话。

"团长同志，您好！下面向您汇报一下接新兵中的一个情况：全部接兵工作已基本结束，定于明上午从辽阳出发，午后可抵达营口。现在有一个问题特向您请示，在新兵复查中有一个应征青年叫雷锋，他的身体条件、体重和身高都差点；但按新兵体检要求基本合格。唯政审手续不全。可是他在地方上的表现突出，多次被评为模范，是先进生产者、推土机手。因他要求当兵心切，在新兵一集中时，兵役局便把他交给了我们，已给我们当了6天便衣通信员，因此，我与荆营长、李教导员商量，决定收下带回部队。如果到部队后在检疫隔离和新兵训练期间发现什么新问题，还可以做新兵退回处理，这样做是否可以？请指示。"

对于军务参谋戴明章的电话，吴海山心里是有信心的。戴明章是从全团军官中选拔到机关的参谋，已经5次担负接新兵的任务，而且次次完成得非常出色。听到戴明章的汇报后，吴海山当即答复："一切由你军务参谋看着办好了。"

就这样，戴明章在得到吴海山团长的答复后，在留有新兵机动数名册上填写了雷锋的名字。自此,最终向市兵役局递交了358份全体新兵名册。

就在第二日新兵出发前的8小时,雷锋才得到了盼望已久的军装。

这只在热锅上煎熬了好些日子的"蚂蚁",终于可以安下心来。在得到军装的那一刻,他简直开心得像个孩子,激动得彻夜无眠。对于批准雷锋入伍一事,戴明章继续回忆:

> 辽阳市兵役局未提出任何异议,而且可以看得出来,余政委等对此所持的态度,似乎早就在他们的希望和预料之中。唯有弓长岭矿嗣后向兵役局提出了反映,认为在政审手续不全的情况下,不应该这样简单地同意雷锋参军。
>
> 但毕竟由于接兵部队同兵役局领导沟通已经决定,而雷锋本人志愿参军又非常坚决,他们也就只好无可奈何。诚然,不论怎么说,当时对于我们确实是未按政策规定接了一名特殊的兵。

当历史的迷雾被风一层层吹开,我看见雷锋穿着军装站在队伍里,满脸洋溢着如愿以偿的幸福。

雷锋跟着接兵的同志来到了部队,他与所有的新兵一起接受跑操和训练,但内心里始终忐忑着,他有后怕,他有恐惧:毕竟,还有手续未完成呢!它会不会成为影响自己在部队生涯中的一个变数?雷锋不敢保证。而此时,戴明章却没闲着,为了弥补政审手续,他还是在新兵入伍后的第五天,

从营口来到了辽阳,戴明章这样回忆:

> 就是这次在兵役局,他们才对我说:"戴参谋,你真敢干。不是你大胆的确定,雷锋这个兵就当不成啦!他一心想当兵真得感谢你呀。你知道不?原来弓长岭矿不出具政审表,并不是因为雷锋没有档案,而是因为他们李书记舍不得放他走。通过说他没有档案的这一办法认为你们也许不会接,以便达到他们的目的,留下雷锋继续在工厂。"这才使我恍然大悟。

写到这里,我为雷锋松了一口气,我从大量的史料当中抬起头来,屏住的呼吸变成长长安慰的呼气飘散在书房里。刚刚,我甚至不敢加入自己的任何观望,我怕那些小小的探寻会打断时光中的紧密叙事。

终于,雷锋被批准入伍!

此刻,我真的想和雷锋一样,当面对戴明章说一声:谢谢!

1960年1月8日,雷锋正式参军入伍,参军的部队为中国人民解放军工程兵第7343部队。也是从这一天起,雷锋度过了他生命中最重要的951天时光,占据了他生命长度7910天里的12%。

雷锋的笔记本上,有一张从画报上剪下来的黄继光的头像,他精心地贴在了扉页上,并写道:"我要永远向您学习,英雄的战士黄继光!为了党和人民的事业,就是入火海上刀山,我心甘情愿,头断骨碎,身红心赤,永远不变。"一团火焰正在雷锋的心中熊熊燃起，那是斗志与决心组合而成的热度。

让我们接着看一看雷锋当兵后的第一篇日记：

> 这天是我永远不能忘记的日子，这天是我最大的荣幸和光荣的日子。我走上了新的战斗岗位，穿上了黄军装，光荣地参加了中国人民解放军。我好几年来的愿望在今天已实现了，真感到万分的高兴和喜悦，这是我这一生最大的幸福……1960年1月8日，这天是我永远不能忘记的日子……我一定要做一个毛泽东时代的好战士，我要把我可爱的青春献给祖国最壮丽的事业……

对于雷锋来说，入伍是何等的不易！这个终于穿上了军装的年轻人在日记中用了那么多极致的词汇——"永远""最大""万分"，也许这样的词依旧不能够准确表达入伍带来的激动心情，仿佛是从海底打捞上来的珍珠，稍显意外而又万分珍贵。

1960年1月19日，雷锋被分配到了运输连，在戴明章的文字中我看到了原因。

> 当时团里仅有一台首长用的指挥车——苏式嘎斯67吉普车，已年久失修，勉强维持使用。而驾驶该车的司机是1955年入伍贵州天柱县的老兵龙远才同志。从一个军务参谋的"职业病"出发，我不能不考虑到，龙远才同志是一个已经入伍5年多的超期服役的老兵，

★ 雷锋手持钢枪的雄姿。

随时都可能令其退伍……一旦他退伍，那么接替他的将是谁？选择一个政治上确实可靠、驾驶技术熟练，能随时保证首长用车、确保首长安全，非常机敏而又灵活的小车驾驶员，谈何容易！而选择这样司机的任务，无疑，只有落在我的头上。基于这些考虑，我便选准了雷锋。目的是，让他参加运输连新驾驶员训练（因为内燃机构造原理、机械常识、维修保养等，他都有基础），只要学好路面驾驶，很快就可以当汽车司机。经过短期培训后，对他审查没有什么问题，就可以决定接替龙远才给团首长当小车驾驶员。这也就是为什么让雷锋当汽车兵的真实原因。

戴明章将这些想法汇报给了司令部参谋长和团长，首长均表示赞同，就这样，雷锋在新兵下连时来到了运输连。

世事总有那么多的机缘和巧合。如果不是戴明章同志的出谋划策，也许雷锋会按照既定的新兵分配原则，去技术营的技术一连。然而，历史就是带着它神秘的轨迹做出了安排。这是最好的安排，也是雷锋得以成为汽车兵的重要前提。

我闭上眼睛，深长地舒了一口气。雷锋穿上军装的样子有点帅，过一阵子，他该去驾驶体型庞大的汽车了。走，我们一起去看看。

第七章 13号汽车

　　灯光一打，麦克一开，解说员来了。雷锋回来了，雷锋生前所在部队纪念馆的一切都活了——那个午后，雷锋趴在那辆陪他行驶了2万多公里的苏联嘎斯51型汽车上擦车头，阳光打在车身上，反射出点点光斑，仿佛听到了昆虫的声声鸣叫；2020年，当我再一次走进雷锋生前所在部队这个二层"钉子"形纪念馆时，我跑过去和正在擦车的雷锋合了个影。他面容平和，用湿润的白色毛巾精心擦拭着13号车的每个角落，水汽弥漫在空气中，我清晰地看见雷锋左侧鬓角淌下的汗珠。在阳光的照射下，反射着镜面般的人影，在不断晃动。我还听见了声音，那些声音微弱、飘忽，不经意，时空慢慢在汗珠里融开，我来到了1960年1月8日。

　　营口部队广场欢迎新战友的现场，肆虐的寒风从辽河口刮来，刮碎了高远的天空。寒枝在灰色的风中剧烈摇摆，吹乱了一切站不住脚的物件。吴海山团长和老战士代表在讲完话后，迎来了新战士代表发言。

没错，是雷锋。

雷锋显得格外精神，只是由于天气恶劣，刚讲了一句，手中的发言稿就被风吹乱了。这个从小就在各种台前讲过话的年轻人，似乎对这种情况早有了应对之法。团俱乐部主任担心雷锋讲砸了，想上前帮一把，可没等伸出手，就看见雷锋将发言稿塞进衣服口袋里，即席发了言。

我站在一旁，远远地看着雷锋。我知道，即使他没有稿子，那些从书里看到的字词、从生活中感受到的温暖与苦难、从内心滋生的谢意与感怀，早早就酝酿在了他的心里，他只是需要一个表达的出口。

"我们这些新战士，能在60年代开门红的日子里穿上军装，来到革命大家庭，感到非常光荣。我们来自五湖四海，来自四面八方，有工人，有农民，有学生，我们只有一个心眼：为了保卫祖国，一定要当个像样的兵，绝不辜负首长和老战友的期望……"

雷锋的发言如同冬日里的一股暖流，给寒风中的新战士心中注入了活力。这种感染力，同样让当时身为团摄影员的季增激动无比，他迅速按下快门，记录了雷锋入伍后的第一张照片。

可是，生活本身参差不齐，有顺境，当然也有逆境。没多久，雷锋就面临了初到军营的第一关——训练。排长薛三元这样回忆：

★ 雷锋代表新兵讲话。

军事训练开始了。天寒地冻，正是锻炼人的意志的时候，队列、射击、投弹相继进行。队列课上，雷锋看着我们这些班长的示范，认真去体会。他做得标准正确，我常让他出列为新兵做示范，他也高兴地一遍遍地为大家表演。

但到了射击和投弹课，他却感到难度较大。他个子矮，力气不大，端起枪来不一会儿胳膊就麻了，投弹也不过25公尺，急得直哭。

但是雷锋始终有着积极向上不甘落后的心理，每当操练后便偷偷地到操场上练呀练……他在伸展的双手上各置一块砖头练臂力，用一根细绳，一头拴住手腕一头拴在树干上，不停地向前做着抛掷动作。胳膊肿了，他一声不吭。

我看了看雷锋肿胀的双臂，在他睡着的时候不禁摸了摸。有那么一瞬间，我仿佛触摸到了里面正在燃烧的火焰，淬炼与坚持的气韵，划破了深黑的寂静。

也许是雷锋感受到了我在一旁注视的目光，他醒了过来。据同班战友于泉洋回忆：

甚至有时，夜里醒来还穿上衣服跑到附近操场上练习投弹。他就是这样像着了魔似的，一个劲地苦练……

这一年的1月12日，雷锋在日记中这样写道：

★ 雷锋锻炼。

今天我看了一篇文章,那上面讲了许多向困难作斗争的道理。文章说"斗争最艰苦的时候,也就是胜利即将来临的时候,可也是最容易动摇的时候。因此,对每个人来说,这是个考验的关口。经得起考验,顺利地通过这一关,那就成了光荣的革命战士;经不起考验,通不过这一关,那就要成为可耻的逃兵。是光荣的战士,还是可耻的逃兵,那就要看你在困难面前有没有坚定不移的信念了"。

2020年末,我坐在家中书房的椅子上,一边在笔记本上敲进雷锋的这段摘抄,一边在心中滋生出无数的感慨。现在的我和那时的雷锋一样,面临着难以破解的困境,我一遍一遍地想着解决之法,一遍一遍地尝试从困局之中走出来。可是光想又有什么用呢?面对迷雾一样的未知,也许做才是真正的捷径。焦虑与恐惧像一对孪生兄弟,它们需要勇气和力量去战胜。

我站在这些字词之间,试探着向雷锋招了招手,我再一次看到他在风雪中回头,冲我笑了一下,随即继续着训练科目。

它有它的枯燥。不得不一次次重复,让自己熟能生巧。它有它的艰难,你感觉别人都显得那么轻易地跨过了沟坎,可你就是不行、不行,尽管你已经用了全部的力气,从未有过半点懈怠。你的意志告诉你必须克服、一定要克服,但你的手、你的脚、你的大脑,却始终和它保持着距离……

但他不服输。即使知道自己能力很有限,也绝不服输。

★ 雷锋苦练投弹。

他要让自己行，必须能行。

不久后的一天，地上的积雪在一阵寒风的猛吹中，再次飞扬到天空中，靶场指挥员大声命令："雷锋就位！"

雷锋严肃认真，他迅速拧开手榴弹盖，将铁环套在手指上，冲过开阔地，猛地一投，手榴弹命中"敌"堡，手榴弹投远成绩优秀。优秀者的名单里出现了雷锋的名字。

写到这里，我由衷感慨，雷锋不断在给我勇气、给我鼓励，我也要加油，让一切困难都随风飘散，用自己的努力，化解前方的混沌与踟蹰。

雷锋是一个透明的人，一切语言都映照着他的形象，在刚刚分到运输连的时候，他向指导员提了一个问题。一起被分配到运输连的战士庞春学印象深刻：

"当汽车兵能上前线吗？"

"上前线？"指导员看着雷锋那严肃而又带着稚气的面容，笑着说，"你在电影上看过志愿军在朝鲜战场打仗的情形吧——打起仗来，汽车兵不上前线，谁把炮弹运往前线呀？"雷锋点点头，笑了。指导员问雷锋："当汽车兵还有意见吗？"雷锋说："没有意见，只要能上前线，当什么兵都行。"

这个时候，我想，在雷锋的认知中，上前线是个人能做出的最有效的报国方式，所以，他非常关心自己能不能"上前线"，那是对一身军装最好的期许。

关于这样的期许，我们不得不说说雷锋驾驶的13号车。

雷锋虽然驾驶过推土机、拖拉机，但运输连里的汽车在功能和构造上与以往存在差异。要想成为合格的汽车兵，每个人都不得不认真学习理论和实践驾驶。而从那一年的2月16日开始，按照上级指示，工程团要参加国防工业建设，执行抚顺钢厂"751工程"的建设任务。

这项特殊的任务，直接导致新兵排里只有一台教练车。所以实操训练时，大家排着队练习。雷锋总是排不上空车去进行实操训练，大家都有些着急，不过办法总比困难多，庞春学这样回忆：

> 雷锋为了苦练过硬的驾驶技术，他看到我们六班做的汽车模型，就自己动手和小韩同志在教员的帮助下，先画了一张汽车教练台图纸，他既当木匠又当铁匠，找了一些废旧物品，用几天时间，终于把它做成了。大家对这个十分感兴趣，都利用训练的空隙和业余时间，你上去练一会儿，他上去学一学。同志们深有体会地说："坐在教练台上练和坐在教练车上学原地驾驶差不多。"雷锋晚上熄灯后躺在被窝里脑子还想着怎样踩油门、踏离合器、练加减挡、掌握方向盘，有时手和脚在被窝里配合着做起动作来。

下连后不久，雷锋被抽调参加团里战士业余演出队。自然，他的练车时间相对又少了很多。但有了这个汽车教练台的辅助练习，当雷锋第一次启动教练车行驶到马路上时，仿佛早已是汽车的老朋友。一个月后，雷锋成了一名合格的汽车驾驶员，被全排推选为技术学习小组组长，高士祥指导员还特意在全连军人大会上表扬了雷锋。

时间的重重光影，在大会的掌声中若隐若现，记忆的偏角照射在了13号汽车上，它用气喘吁吁的年迈气息悄然驶来。

> 雷锋驾驶的13号汽车，是我连技术状况最差的车。该车是抗美援朝时期苏联卖给我们的嘎斯51型汽车，已有十余年历史，并参加过抗美援朝战争。虽然经过多次大修，但各部机件磨损严重，是全连有名的"耗油大王"。
>
> 当时连队正开展节油活动，这台"耗油大王"，哪个排和班都不愿意要。雷锋主动向连首长请求，要开这台车，在雷锋再三请求下，连里同意把这台车交给雷锋。
>
> 雷锋为了节约汽油，还苦练驾驶技术，在保证安全的情况下，充分利用汽车行驶中的惯性，运用滑行节省油料……13号汽车在雷锋精心的维护保养下，加之雷锋的熟练驾驶技术，使这台全连出名的"油耗大王"变成了全连人所共知的节约标兵。

庞春学的这段回忆，让我看到了那个可爱的雷锋。命中注定，13号车在自己的"晚年"，迎来了一个内心勃勃生机的驾驶员，让这台风烛中摇摆的汽车，重新焕发了青春。在这台车的驾驶室仪表盘上，雷锋写了5个字——十快九出

★ 雷锋检修车辆。

★ 雷锋驾驶的汽车,原是四班耗油最多的一辆车,在雷锋的认真维修保养下,这辆"耗油大王"变成了节油车。(图一)

★ 雷锋驾驶的汽车,原是四班耗油最多的一辆车,在雷锋的认真维修保养下,这辆"耗油大王"变成了节油车。(图二)

事，他常和战友们聊，安全就是最大的节约。由于雷锋熟悉车况，连里特意确定了13号车不轮换驾驶员，固定下来只由雷锋驾驶。

在诸多雷锋的照片中，人们熟悉的很多照片，都和这辆车有关，特别是擦车头的特写。拍摄这张照片的团摄影员季增说：

> 这幅照片摄于1960年底。
> 那天上午阳光灿烂，我同雷锋一起来到运输连的停车场。部队刚刚从第一汽车制造厂接来一辆解放牌拉水车，副连长白福组正将新车开进车场。我们便请他调整一下汽车方向，用高光打在"解放"这两个字上，并让其在画面中占有显著位置。雷锋抬头远望，用那只曾被地主婆砍过三刀的手擦拭"解放"二字，体现出只有解放才有他今天的意境。《解放军画报》以"苦孩子，好战士"为题发表在1961年第三期上。时隔一年，我又与张峻同志一起重拍一次彩色照片，发表在《中国摄影》杂志上。

我一遍又一遍地望着这些历史中留下的光影，那些不经意的瞬间被深深铭刻，成为了最直接的记录和见证，将时间和人共同封印，成为纪念。

对于抚顺地区来说，夏季是险象环生的季节，人们能阻挡头顶炎炎的烈日，却对倾盆而来的暴雨显得有些束手无

★ 雷锋认真擦拭保养汽车的情景。（图一）

★ 雷锋认真擦拭保养汽车的情景。（图二）

★ 雷锋认真擦拭保养汽车的情景。(图三)

★ 雷锋刻苦钻研汽车维修、保养和驾驶技术,这是他在对照教材学习汽车原理和构造时所拍。

策,这样的雨一旦下起来就没完没了。1960年8月,暴雨并未放下捉摸不定的秉性,又跑到这片土地上任性起来,洪水淹没了绿色的庄稼、公路、房屋,冲走了那些本应在这片土地上继续繁衍生息的动物、植物以及人们的财产。

8月3日,运输连接到了到抚顺郊外上寺水库参加抗洪抢险的命令。

就在所有战士都准备好前往一线救灾时,连长李向高传达命令并分配任务。站在时空的门槛上,我看见雷锋在队伍里站得笔直,他早早就铆足了劲,认真、仔细地聆听着连长的话,不想错过任何一个字、一个词——他认为,自己应当奔赴救灾的第一线。"全心全意为人民服务"绝不是一句空话,他要做最最坚定的践行者,他要用自己的热忱、力量和整个生命,放到那个人民最最需要的地方去、放到血和火中考验——结果,连长分配了所有战士的任务,而雷锋领到的任务是:留下来值班。

连长不让雷锋去的原因是:雷锋手上有伤。

让我们把时间再往前拨一下,来到前些天的一个傍晚。

雷锋正和战友们打乒乓球,这时,营区外突然燃起了熊熊的火焰,他们放下球拍,就往起火的地方跑。雷锋和战友们赶紧打来水,一盆一盆地泼,雷锋还跳到了房脊上,用大扫帚扑,在等待救援到来之前,竭尽全力减小火势。鞋子烧着了,衣服撕破了,雷锋的手也被大火灼伤了……

手上的伤还没好利索,抗洪抢险的任务就来了。

雷锋用迫切的目光注视着连长,一再恳求,在雷锋的坚持下,连长同意了让雷锋一起去抗洪。

那晚，滚滚洪水如划破的绸缎，在上寺水库翻涌。成千上万的抗洪大军，在大雨滂沱中与洪水殊死搏斗。眼看着水库水位呈爆发式增长，为防止大水漫过大坝，市委防汛指挥部当即决定连夜开掘溢洪道，保护城市安全。

而开掘溢洪道的任务，正好落在了运输连的肩上。冒着倾盆大雨，全连战士在浓稠的黑夜里，蹚着过膝深的泥水，一锹一锹地奋力挖掘。他们在和洪水比速度、抢时间，溢洪道挖得越快，洪水的气焰就越小。挖着挖着，坝上一大片泥土被暴雨冲下来，正好砸在了雷锋的身上，手中的铁锹也被打掉了，雷锋赶忙弯下腰去找铁锹，但如编织绳般紧密的大雨和浓墨弥漫的黑夜，让他无论如何也没能找到铁锹。雷锋没多想，就开始用双手挖，汗珠混在雨水里，从雷锋的额头流下，他顾不上那么多。就这样，雷锋不知刨了多少次，才感到自己的手在隐隐地痛，之前烧伤的手指被磨破了，渗出的血裹挟着泥土，融在了黑暗和洪水混合的奋力之中。

连长发现雷锋手中无锹，立刻命令雷锋去广播站，报道连队的好人好事。细心的连长知道，雷锋的手受着伤，只有让他去广播站，他才能得到真正的休息。

不一会儿，广播站就响起了洪亮的声音，雷锋将那些暗夜、泥水、暴雨、力量与汗水，组合成了铿锵的言语，通过广播，飘荡在上寺水库的各个角落，激励着每一位抗洪一线的官兵。

广播结束后，雷锋找到器材员领了一把新锹，穿着单薄的军装，又一次和战友们一起在洪水中奋战。直到部队换班休息，战友们发现雷锋有些撑不住了，连长赶紧叫卫生员，把雷锋扶到乡亲家休息，吃药并包扎受伤的手。

期间，雷锋几次起身想要冲进洪水中，加入战友们的队伍，都被卫生员硬生生地拦住了。最后一次，趁卫生员不注意，雷锋又奔向了正在挖掘溢洪道的队伍。

7天7夜，最终，在人民和官兵众志成城之下，洪水退却了，人民生命和财产安全保住了。

也许在漫长的岁月里，雷锋早就想奋力地为组织做些什么。从他有饭吃、有书读的某个瞬间。只是这些瞬间在雷锋长大后的岁月里，生出了蓬勃而充满力量的枝蔓，可以抵御一切肉体上的疲累与疼痛，阻隔心灵上的冰冷与苍白。

9月，团政治处紧接着收到了两封感谢信，都在表扬同一个人，这让很多人感到有些惊喜和意外。团政治处宣教干事庞士元回忆道：

> 1960年，辽宁地区大面积的暴雨成灾，报上公布了辽阳地区发生的水灾。不知过了多少时间，我在政治处办公室看到一封来自辽阳市委的信。接到雷锋同志支援辽阳灾区的100元钱，市委认为雷锋的精神可嘉，可是一个义务兵，积蓄100元钱是不容易的，把钱退给雷锋，建议部队表扬他。作为宣教干事的我，如获至宝，交给股长吴广信看，并递交主任、政委看。韩政委认为这是一个很突出的典型事例，要吴广信和我做具体了解，然后嘉奖宣扬。吴股长和我打电话叫雷锋询问情况，雷锋说：他原有200元钱，在望花区成立公社的时候，全部献给人民公社，当时公社只收了100元，他知道辽阳地

区遭灾后,把所剩的100元寄给了"家乡"救灾,表示一点心意。

雷锋就像一粒火种,只要有需要他的地方,纯净的火就会点亮黑暗。而这不曾磨灭的火种,在无数个微小的瞬间不断积聚,最后变成有形的力量。

这些钱都是雷锋一点一点积累起来的。

上世纪60年代初,我国正遭受着严重的自然灾害,在国家的倡导下,大家珍惜一针一线。据指导员高士祥回忆,雷锋有一双袜子,是望城县委书记张兴玉送给他的,雷锋缝了又缝、补了又补,一直舍不得扔掉。有的同志把这双袜子扔了,雷锋又捡了回来,这种节俭从袜子蔓延到了鞋、衣服等一切物质实物上,高士祥还提道:

> 有的同志笑话他,说:"给解放军丢脸。"连里领导也议论过,也感到他总是这样会影响军容军貌的,就找他谈话。打那以后,参加集体活动时或军训他就换上新军服,平时出车执行任务和参加劳动时再换上旧的。

我在雷锋澄澈的目光中,见到了那个7岁就失去亲人在外乞讨的孩子,有没有补丁并不重要,天冷了有件衣服,肚子饿了有饭吃,就会让他的内心感到温热。这些,雷锋已经得到了,所以他没有更多奢求。他想做的,就是回馈。

有一天中午,大家在食堂吃午饭,雷锋同志手里拿

★ 雷锋捐款时。

★ 雷锋将自己积蓄的200元钱捐给人民公社，公社负责人在雷锋再三请求下，答应只收一半钱。

★ 雷锋在缝补袜子。

着《解放军报》向大伙讲解解放军战士节约粮食支援人民的事。有的战士不愿听,更不愿吃高粱米饭,故意将一口饭吐在地上说:"炊事班怎么搞的,米没淘净,沙子差点把我牙硌掉了……"雷锋同志没有发火,他理直气壮地照样讲:"咱们连每人每天节约一粒粮,一年就是36000粒,全团、全军那该有多少啊?"他吃完饭后,用抹布把掉在桌子上的饭粒和地上的饭粒都扫起来,倒在了猪食缸里。

高士祥的回忆,让时空之中的微点汇聚成一个形象,他每时每刻都在做着看似不起眼、实则了不起的事情。那些岁月轻拂着的缥缈记忆,只要一回头,就会看见珍珠般闪亮的光芒。

一次雷锋去参加沈阳军区工程兵举行的体育运动会,燥热的空气蒸腾着在场的每一个人,做完体操,热气从嗓子根喷涌而出,很多人都跑到小卖部买汽水喝,恨不得一口气喝两瓶。雷锋掏出几角钱也凑到了小卖部那里想买汽水。此时,正巧开水送来了,雷锋赶忙收起了手里的钱,转身准备去喝开水。这一幕被一个战友看见,说雷锋连个汽水都舍不得买,真"吝啬",是"傻子"。雷锋在这一年8月20日的日记中写道:

> 望花区成立了一个人民公社,我把平时节约下来的一百元钱,支援了他们;辽阳遭受了洪水的灾害,我把省吃俭用积存的一百元钱寄给了辽阳灾区人民。有些人

★ 1960年7月19日,雷锋参加沈阳军区体育运动会。

说我是"傻子"是不对的。我要做一个有利于人民、有利于国家的人。如果说这是"傻子",那我是甘心愿意做这样的"傻子"的。革命需要这样的"傻子",建设也需要这样的"傻子"。我就是长着一个心眼,我一心向着党,向着社会主义,向着共产主义。

后来这个战士知道雷锋的捐款后,惭愧不已,才知道是自己的想法错了。

在这一年的9月,团里的组织干事正在匆匆向各连党支部下发资料,我凑近一看,原来写的是雷锋,他被评为了全团"艰苦奋斗节约标兵"。雷锋再一次站在大家面前,回望灰色的童年,追忆旧社会的苦熬与鞭打,这让我想起一位哲人说的话:参差多态是人类幸福的本源。那段灰色的岁月,正映衬着今日的幸福生活。

半个多世纪后的今天,当我们走进雷锋班,雷锋当年用木板钉的"节约箱",安静地放在那里,直到现在,战士们依然传续着雷锋的做法,他们将平时捡到的铜片、铁片、螺丝钉等可以回收和再次利用的小物件装在里面。每当有人来参观雷锋班,现任雷锋班班长就会为大家讲解节约箱的故事,他们也一直传承着勤俭朴素的精神,从一点一滴做起,从自身做起。

雷锋省吃俭用的点滴积累,汇聚成了在当时的人看来的"巨款"。抚顺百货储蓄所的储蓄员王玉珍记得,1960年的春天,一个解放军战士从挎包里掏出100元现金存了进去,这让她印象深刻,困难时期,一个小战士竟然有这么多钱。

办理存款之后,雷锋隔三岔五就来存点钱,五块的、十块的,慢慢积累着。两次捐款的200元钱,就是从这个账户中取出的。

1961年9月9日,雷锋再次存入100元。

当一切时过境迁,这张存单被中国人民革命军事博物馆永久收藏着。而这个储蓄所,也由"百货"改为"和平",再由"和平"改为"雷锋",最后定为中国工商银行抚顺雷锋支行。

2010年2月,雷锋生前所在部队雷锋班郑重地发出一份倡议:开展"雷锋存折"续存活动。第24任班长黄帮维,把手头2400元的工资,全部存入了"雷锋存折"。

自此,这张存折在雷锋同志牺牲后的第48年,重新焕发生机活力。

人们纷纷将自己的一份力量存入存折里,这张存折汇聚了官兵、学生、企业家以及社会各界雷锋精神的传承者,其中还有曾经的受捐助者。

2012年12月,当雷锋生前所在部队组织的"重走雷锋路"小分队来到北京大学,"雷锋存折"正式落户北京大学,不断向外界呼唤,传承爱心。这次活动为燕京小天鹅公益学校赠送200册雷锋书籍和1万元助学金,并救助白血病患儿。这份半个多世纪前的存折,支援过洪涝灾害后的村庄重建,慰问过2020年在抗击新冠肺炎疫情中殉职的武汉医生。

今天,雷锋早已离我们远去,但他的精神还在大地上焕发生机。续存"雷锋存折"活动还将继续下去,这是雷锋留在这个世界上的温暖和力量。

时间的指针再次回到1960年,我正好"闯入"了一次会议——团政治处副主任赵玉瑞坐在屋子的中间,正听取战士们的建议。我站在门后,悉心倾听着他们的会议。赵玉瑞帮我回望着数年前的那个下午:

> 部队撤回抚顺驻地,各连进行抗洪抢险总结。运输连在总结当中,提出为雷锋记三等功一次,当时,我对这件事心里有些考虑:为雷锋记一次功,我是赞成的。但在和平时期为一个入伍才八个月的新兵记三等功,在我们团是没有先例的;为了慎重处理这件事,我到运输连找干部战士开了几次座谈会,全连上下异口同声,都主张给雷锋记三等功。在四班座谈的时候,多数战士发言也是这个看法,只有雷锋坐在一边一言未发。我问他为什么不说话,他说:"抗洪抢险是全团的行动,战胜洪水人人出了力,我和大家一样尽了一个战士的责任,没有必要单独为我请功。"回到团部我对韩政委讲了这件事。韩政委说:"雷锋是对的,这样谦虚严格地要求自己,不争荣誉,很好,但从组织上考虑,同意给雷锋记三等功。"

在雷锋短暂的军营生活中,他一共荣立三等功两次、二等功一次,被授予"艰苦奋斗节约标兵"称号,被沈阳军区工程兵党委授予"模范共青团员"称号、"学习毛主席著作的积极分子",受到团、营、连多次嘉奖,还被选为抚顺市人民代表。

★ 1962年2月,雷锋以特邀代表身份出席沈阳军区首届共青团代表会议,并被选为大会主席团成员。

★ 雷锋在沈阳军区首届共青团代表会议上发言。

我带着无比羡慕的目光注视着雷锋。雷锋啊雷锋，如果你还在人世间，你一定还要做出更大的功绩。你本身就是一个发光体，一个会一直向上行走的人……可是，世间最不可能出现的就是这个"如果"。我转过身去，继续向你凝望。

1960年的中秋，和多年前的那个中秋一样，他再次亲眼看见了薄暮时分血红色的太阳在天空中沦落。日落前肉桂色的云，让雷锋又一次想到母亲。这一天晚上，司务长给每个战士分了四块月饼，大家一边吃、一边闲谈。只有雷锋，一直把月饼拿在手里，他慢慢起身，一个人走到门外，夜空中悬挂着巨大的圆月，明亮得让人感到不真实。母亲是在中秋节自尽的，每到中秋，思念和虚空，仿佛一个永远探不到头的深渊，饱含着世间的一切痛苦。雷锋低下头，默默地注视着手中的月饼，他多么想告诉母亲，现在的日子已经好了，国家发生了巨大的变化，如果母亲还活着……不经意间，泪水从脸颊顺流而下，隐匿于暗夜的沉静中。

回到宿舍，雷锋将月饼用纸小心翼翼地包好，写了一封慰问信，准备将月饼送给在医院休养的伤病员。

> 亲爱的阶级兄弟，为祖国社会主义建设负伤和有病的休养员同志，这四块月饼是人民给我的，它使我想起了过去的苦，体验了今天的甜。因此，我很自然地想起了你们，请接收一个战士的心意吧。1960年中秋之夜。

第二天，雷锋来到驻地附近的矿工医院，把信和月饼送给了那里的伤病员。此刻雷锋也许不会想到，直到今天，每

★ 1960年，雷锋将4块月饼送给了住院同志，并写了慰问信。

年的中秋节,各地政府和爱心人士都会像雷锋一样,为孤寡老人、残疾人士和困难儿童等等,需要帮助的人们送去"雷锋月饼""义工月饼"。这样的活动虽然有着不同的称呼,但都延续着相同的雷锋基因。

当我们再次回眸那些旧时光,此时没有人会知道,在短短的300多天后,雷锋也将在这所医院与这个世界告别。

10月,全军部署开展"忆阶级苦,忆民族苦;查立场,查斗志,查工作"的"两忆三查"教育运动。在支委会研究召开忆苦大会让谁带头忆苦时,大家不约而同地想到了雷锋。经过团党委讨论决定,召开全团忆苦大会,由雷锋作汇报,并发出了"人人都来学雷锋、赶雷锋、做雷锋式好战士"的号召书。就这样,雷锋在本团作完报告后反响强烈,又进一步扩大了作报告的范围。据原沈阳军区工程兵政治部副主任王寄语回忆:

> 从11月2日开始,军区工程兵政治部组织雷锋在本系统内作忆苦报告,并汇报他的先进思想和模范事迹,至1961年1月15日,共在本部队内,并应邀到兄弟部队和地方大中小学作报告27场,听众达两万二千余人。

忆苦大会上,雷锋将埋藏在心中的苦楚一点点倾泻出来,眼泪在动情之处缓缓流淌,引起了官兵们的共鸣,空气在颤抖,现场在燃烧。雷锋的成长经历正是阶级、民族苦难的缩影,也是奋发图强、自强不息的代表,演讲结束后,现场响起了雷鸣般的掌声。

我不知道,雷锋当年的报告会激励了多少人,有多少人通过这样的讲述改变了自己的人生走向,但那个时光中晃动的身影、那些飘动的声音,一直回响在雷锋生活过的土地上。你听,纪念馆里又响起了雷锋的录音,那是夹杂着南方口音的深情讲述。

就在作报告的日子里,雷锋入党了。

入伍不到一年就入党,无论是当时还是现在,都是罕见的。我在历史的烟波中,仔细寻找着当年的印记。运输连指导员高士祥这样回忆:

> 根据雷锋的思想表现和入党申请,我们运输连的党支部认为他是个好苗子,一直很重视对他进行培养和教育。第一次支委会讨论研究1960年上半年发展雷锋入党。当时有的支委提出群众对他有反映,怀疑他是不是做样子给大家看,出风头,搞名堂,这次支部做了认真分析,一致认为雷锋出身好,热爱党、热爱社会主义,他在各个方面表现得非常突出,做好事是实心实意的。但又考虑他入伍时间不长,军龄短,准备再考验一段时间。

雷锋是怎样通过群众考验的,我们下文叙述。此处,我们接着讲述雷锋的入党过程。

> 第二次支部会议专门讨论了雷锋和其他两名同志四

★ 在运输连"忆苦大会"上,雷锋向战友们诉说他苦难的家史。(图一)

★ 在运输连"忆苦大会"上,雷锋向战友们诉说他苦难的家史。(图二)

★ 雷锋指着手上的伤疤,告诫战友不要忘记过去,激发战友们的革命精神。

★ 雷锋在海军舰艇部队作"忆苦思甜"报告。

★ 连队党支部非常关心雷锋的成长,指导员高士祥与雷锋谈心。

季度的入党问题，五名支委一致同意，但个别支委提出拖到10月底或12月份再发展，理由是：一是没有当年的政审，要去调查；二是入伍时间短。我和其他支委认为，政审问题应从实际出发，雷锋入伍前在鞍钢已有政审，更何况雷锋是孤儿，有一段苦难家史；另外，雷锋入伍时间虽然短，但工作时间并不短。

……

关于雷锋入党问题，有一次韩政委和刘副政委听了我们支委会的意见后，支持我们的想法，他对我说："只要具备了入党条件，就应该尽快发展，不要过分强调入伍时间长短问题。"

1960年11月8日下午，指导员高士祥返回抚顺，召开支委会，由高士祥和李超群做雷锋的入党介绍人。

晚饭后召开支部大会，24名党员到会18名，一致通过雷锋入党，其余6名夜间执行任务，9日早晨我征求他们意见，都表示同意。我在入党介绍人一栏郑重地写下了："雷锋同志牢记我党宗旨，全心全意为人民服务，爱憎分明，有坚定的政治立场，我自愿介绍雷锋入党。"

雷锋在这一天的日记中这样写道：

1960年11月8日，是我永远不能忘记的日子。今

★ 1960年11月8日,刚满20岁的雷锋光荣地加入中国共产党。

天,我光荣的(地)加入了伟大的中国共产党,实现了自己最崇高的理想。

我激动的心啊!一时一刻都不能平静。伟大的党啊!英明的毛主席!有了您,才有了我的新生命。我在九死一生的火坑中挣扎和盼望光明的时刻,您把我拯救出来,给我吃的、穿的,还送我上学读书。我念完了高小,带(戴)上了红领巾,加入了光荣的共青团,参加了祖国的工业建设,又走上了保卫祖国的战斗岗位。在您的不断培养和教育下,我从一个穷孩子,成长为一个有一定知识和觉悟的共产党员。

伟大的党啊,您是我慈祥的母亲,我所有的一切都是属于您的,我要永远听您的话,永做您忠实的儿子。

今天我入了党,使我变得更加坚强,思想和眼界变得更加开阔和远大。我是一个共产党员,人民的勤务员。为了全人类的自由、解放、幸福,哪怕高山、大海、巨川、为了党和人民的事业,就是入火海进刀山,我心甘情愿,头断骨粉,身红心赤,永不改变。

这些,仿佛是埋藏在时间深处的种子,在写下时就等待着被重读,并在某一个不经意的时空里,发芽、长出藤蔓,就如60年后此刻的我,在朝阳初升的书桌前翻看着。

看着看着,我发现和我一同翻看雷锋日记的,还有沈阳军区《前进报》总编辑嵇炳前和新华社军事记者佟希文、李健羽,这是怎么回事?时光倒回到1960年11月。原沈阳军区工程兵政治部副主任王寄语的回忆开始了:

一天,《前进报》总编辑嵇炳前同志带领新华社军事记者佟希文、李健羽到机关来找我,对雷锋做了进一步的了解。就在这次调查了解的过程中,他们到雷锋在沈阳作报告临时住的办公室内,从雷锋的床上见到了几个本子,总编拿起翻了一下,发现是雷锋写的日记,又看了几段,觉得很好;并问我能否借来看看,我当即表示赞成。当总编又看了一下,原来这几个本子不全是日记本,还有工作或学习的笔记本。他挑了一下把日记本带走了。后来知道,嵇炳前总编辑带走的雷锋日记回去后交给了董祖修同志。就是这一次,促成了雷锋日记不久于1960年12月1日在沈阳军区机关报《前进报》上首次以一个版的篇幅摘录发表。

而就在几天前,1960年11月26日,《前进报》整整一版以《毛主席的好战士》为题发表雷锋事迹的长篇通讯,同时配发《不忘过去发愤图强》的社论,沈阳军区副政委兼政治部主任杜平中作出重要批示:

> 雷锋同志的苦难是整个阶级的、民族的苦难。在解放前受到像雷锋同志那样遭遇的人比比皆是。他只是千千万万受苦受难人中的一个。解放后,全国人民在党和毛主席的领导下彻底翻了身,正为建设美好、幸福的生活而忘我地劳动。可是,有的人竟在短短的11年中忘了本,身在福中不知福。因此,雷锋同志这种精神显

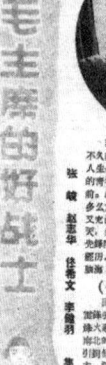

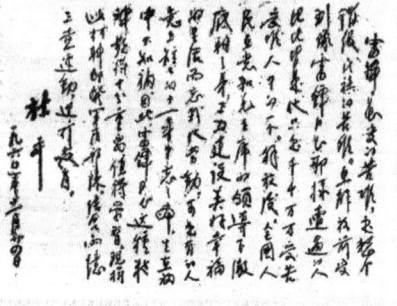

★ 沈阳军区《前进报》刊载《毛主席的好战士》。

得十分重要,值得学习。现将此材料印发军区部队,结合"两忆三查"运动进行教育。

《前进报》对雷锋的宣传,是雷锋精神得以在祖国各地传播的一个重要节点。没错,早在雷锋生前,关于他的宣传和对他的学习就已经风生水起。这也恰恰说明,他不是因为牺牲而"一下子成为雷锋"的,而是一种连贯、一种延续,只是他的牺牲更让我们"认识"了他、知道了他。

随着雷锋影响力的不断扩大,组织上也开始以更加谨慎的态度培养雷锋这个典型。团政治处主任、副政委刘家乐在回忆中这样写道:

> 雷锋的事迹越来越突出,我感到责任重大。主要想到了,一个青年人出了名,又住在城市,青年男女又都喜欢雷锋。雷锋毕竟是个年纪轻轻的人。还经常单独外出作报告,而且军队地方都去。谁能保证他不发生任何问题呢?我当时主要是怕出现两个问题:怕他骄傲;怕他谈情说爱。一旦发现这两个问题那么就必须立即采取措施。因为骄傲了会使人落后不注意影响;过早地谈起恋爱,不但军队中不允许,也容易影响斗志,难以挽救。所以我认为作为一个领导要想到这些,哪怕是想的严重一些,以防止于未然。

对于领导给自己打的"预防针",雷锋心里非常清楚,一直用严于律己的行动来回应领导的关心。

在半个多世纪以后的今天，无论在企事业单位还是军队中，人们依然能看到雷锋当年严于律己的影子，顽强的"钉子精神"就是其中之一。1961年10月19日，雷锋记下了这样一篇日记。

> 有些人说工作忙、没时间学习。我认为问题不在工作忙，而在于你愿意不愿意学习，会不会挤时间，要学习的时间是有的，问题是我们善不善于挤，愿不愿意钻。
>
> 一块好好的木板，上面一个眼也没有，但钉子为什么能钉进去呢？这就是靠压力硬挤进去的，硬钻进去的。
>
> 由此看来，钉子有两个长处：一个是挤劲，一个是钻劲。我们在学习上，也要提倡这种"钉子"精神，善于挤和善于钻。

第一次读这篇日记时，我不禁要对写出这样文字的21岁青年表达深深的敬意。在雷锋的日记中，出现最多的词就是毛主席、毛主席的著作或者那些读过的书。雷锋在阅读中不断思考、梳理、总结，然后将读到的真理记录下来。而当把书中的道理理解、升华后，量的积累便促成质的飞跃，他便可以自我总结、不断提升。钉子精神，正是雷锋读书后，结合实践，自我提炼出的"道理"。而这"道理"，又对我们这些后来者有着极为深刻有效的启发。

在这里，我不得不再说一下雷锋想见毛主席的这个愿望。在原沈阳军区工程兵政治部副主任王寄语的回忆中，有

★ 雷锋把毛主席著作比作"粮食""武器""方向盘",随身携带,有空就学。

这样一段文字：

军区给我们工程兵部队一个名额，让在先进模范人物或突出典型中推选出一名，作为参加1962年北京国庆观礼的代表。我们研究决定让雷锋参加。这件事机关的少数人员已经知道；而且也向工十团领导打了招呼。当时没有向下作正式通知，更没有通知雷锋本人，目的是由组织上掌握，以便对雷锋作进一步的考验……可是万万没有想到，在1962年国庆节前的一个半月，即8月15日，雷锋同志因公牺牲了，未能实现他日夜盼望见到毛主席的衷心愿望！

没错，雷锋是有机会见到毛主席的，如果他……

我回望着那个在驾驶室里、夜深人静中读书的身影。读书可以改变人，可以使一个年轻的灵魂拥有远超于其身体年龄的阅历和智慧。读书是花最少量的钱和时间去得到别人一辈子经验的捷径，雷锋正是从阅读中找到了获得智慧的捷径。

雷锋在1961年4月的一篇日记中写道：

挤时间读书：早起点，晚睡点，饭前饭后挤一点，行军走路想着点，外出开会抓紧点，星期假日多学点。
如果不积累许多个半步，就不能走完千里。

部队生活节奏紧张，当时雷锋还正在执行施工任务。作为运输连的兵，雷锋需要每天驾驶汽车东奔西跑，没有整块时间来读书学习。他就把书放进挎包里，在任务间歇时拿出来看几页，晚上参加完连里的活动时随手翻一翻。雷锋还经常在熄灯后，跑到司务长宿舍和连部办公室去学习。

1960年的一个傍晚，月亮藏匿于灰色的云层之中，漫天星光闪烁着惬意的微笑。指导员高士祥照例去班、排查铺查哨，他发现最近雷锋很"老实"，不像前阵子，为了看书而违反熄灯纪律，宿舍里静悄悄的，没有一点光亮。但安静之中仿佛涌动着某种"不可告人"的秘密。高士祥这样回忆：

> 一个晚上，已近午夜了，我到宿舍去查铺，看见他的被子在动，走近床边，被子不动了。刚转身，又发现在动。当我第二次走近他的床边，轻轻地揭开他的被子时，他正借着手电的亮光，在聚精会神地阅读毛主席那篇《为人民服务》的文章哩。当时，我感动得不知道应该说什么才好，只讲了一句："小雷，明天还有工作，不要熬夜了！"小雷抓着我的手悄声地说："指导员，我一拿起毛主席著作，越看心里越亮堂，越读浑身越起劲，连觉也不想睡了。"还有一次，我和他谈学习毛主席著作的体会，他告诉我说："毛主席著作使我懂得了为什么要革命的道理，明确了工作的方向。像我这样一个在旧社会的穷孩子，没有党和毛主席的教导，眼睛怎能明亮！"

眼睛怎能明亮？雷锋用了"明亮"这个词，这个词多么妥帖！在书中，雷锋不知道与毛主席邂逅了多少次，仿佛是坐在主席身边神秘地谛听,他不记得时光的流转,忽略了身边的一切事物。看书,就是这么一件神奇的事,真实的世界归于沉寂,书中的文字日渐喧闹,在文字陌生的排列组合中,曙光初露,那是神秘的气韵。

也是在这一年,军委扩大会提倡全军掀起学习毛主席著作的高潮,雷锋跑去新华书店,发现《毛泽东选集》并不好买,他就买了《纪念白求恩》《为人民服务》等二三十种书的单行本。高士祥指导员清楚地记得,这些书他除了自己各留了一本之外,都赠给了班、排里的战友;后来他又去买了40多本,送给战友和小学生们。

雷锋读书时有做眉批的习惯。眉批是与书的对话,清晰地记录着片语之间的回响。

雷锋在《矛盾论》单行本第5页书边上写着:"外因是条件,内因做决定,要想求进步,主观多努力。"那些勾勾画画的痕迹,有如思绪飞扬的翅膀,在书页的丛林中悄然翱翔,有时是些简短的词句,"好!""牢记!"有时,书中的飞鸟偶尔也会遇到高山的阻隔。雷锋在阅读时遇见了攀不过去的高山,就趁政治部主任来连里时,跑过去请教。全连还成立了毛主席著作学习小组,战士们都开始用理论武装头脑。有时,是对自我认知的希冀,如雷锋在《毛泽东选集》第四卷第1161页所做的眉批:"我觉得一个共产党员是人民的勤务员,应当把别人的困难当成自己的困难,把同志的愉快看成是自己的幸福。"

"把别人的困难当成自己的困难,把同志的愉快看成自己的幸福。"在我所接受的教育中,这句话也曾被反复地说

★ 雷锋和战友们学《毛泽东选集》。

★ 雷锋热心帮助战友学习毛主席著作。

起，只是说的方式和用词略有不同。然而在雷锋那里，我看到的是真诚和热忱，以及更为强烈的情感注入。有时我甚至感受到了这段话里燃烧着小小的火焰。

"把别人的困难当成自己的困难，把同志的愉快看成是自己的幸福。"它不是一个口号式的虚词，它，需要连接内心和实践，需要一天天、一年年地去践行，不断地、持续地去践行。从小到大，这种思想对我有着深入的影响和塑造，但偶尔，我会松懈，小小的自私会偷偷冒出来，这是我和雷锋的差距。雷锋做的，是值得人类尊重和学习的人生高标，是"先天下之忧而忧"的崇高理念，是那句"把别人的困难当成自己的困难，把同志的愉快看成是自己的幸福"。

雷锋，要使自己成为一个有韧性的践行者。他如是说，如此做。在他"短暂"的一生中，始终如是说如此做。

深秋，东北的大地上业已向荒芜靠拢。为了搭过冬的菜窖，连里让雷锋带着二十几个战士上山割草。他们吃完早饭后出发，每人带着一盒大米饭，以备中午在山上吃。连里有个战士人高马大、能吃能干，他一大早吃了三两馒头和一碗粥，但没吃饱，就把中午的米饭也吃了。来到山上，每个人都卖力干活，这个战士更是甩开膀子割草。太阳慢慢从地平线升到头顶，温热的汗从战士们的鬓角处缓缓流下。午饭时，大家都坐在山坡上，打开自己的饭盒准备吃午饭，只有这个战士两手空空坐在那里。雷锋走过去，把自己的饭盒递给他，说："今天我胃疼，实在吃不下，你就帮忙吧！"那个战士看了看饭盒，又看了看雷锋，雷锋又劝："吃吧，别这那的啦。"然后转身就走了。

★ 一次上山割草，一位战友把带的午饭提前吃光了，雷锋便借口自己肚子不舒服，把自己的一份饭让给了他。

实际上,这个战士的一切,早就被雷锋注意到了。在1960年10月21日的日记里,雷锋这样写道:

> 我发现×××同志坐在一旁看着大家吃饭。我走到他跟前,问他为啥不吃饭。他回答说:我今天早上吃了两盒饭,没有带饭来。于是我拿出了自己带的一盒饭给他吃。我虽然饿一点,让他吃得饱饱的,这是我最大的快乐。我要牢牢记住这段名言:
> "对待同志要像春天般温暖,
> 对待工作要像夏天一般火热,
> 对待个人主义要像秋风扫落叶一样,
> 对待敌人要像严冬一样残酷无情。"

我想,那天的雷锋一定也很饿,干了一天的活怎能不饿呢?但这点饿对雷锋来说是可以忍受的。也许当时他想起了自己儿时挨饿又看不到希望的日子,对比现在,把饭让给战友吃根本算不了什么。也许当时他什么也没有想,下意识地用这种方式回馈身边的人,回馈这个社会。在雷锋的血液里,早就注入了温暖的力量,它让所有靠近雷锋的人都能感到春意般的温度。

翻开雷锋日记,我们还可以看到诸多这样的记录。

1961年10月13日

今天可有意思,×××同志出车回来,惊奇地问这个,问那个,不知是谁给他洗了一条衬裤和一双穿得发了臭的袜子。可是没有一个人说话，究竟是谁给他洗的呢？只有我知道，但是我没有说，我觉得这是自己应尽的义务。

1961年12月20日

昨晚，我连车辆紧急集合。×××同志搬电瓶发动车时，洒了一些电瓶水，衣服上沾了不少。因电瓶水是硫酸和蒸馏水混合而成的，腐蚀性大，结果他那条新棉裤烧了好几个大口子。今天我看他很不高兴，着急找不到黄布补裤子。我立即拆掉自己的棉帽衬洗干净，在夜里，当他睡着了，我用棉帽衬那块黄布偷偷地给他把新棉裤补好了。×××知道这件事后，便激动地对我说："班长！你对我太关心了……"

1961年12月30日

我班×××同志的母亲病了，今天来信叫他请假回家看望。首长批准了他三天假。可是他着急回家缺钱，想买点东西给母亲吃，钱又不够。正当他为难的时候，我一考虑心里过不去。我想：他的母亲就像我的母亲一样，他有困难，也等于我的困难。我和他是阶级兄弟，应当互相帮助。想到这里，我立刻拿出了自己的10元津贴费，还买了一斤饼干，一起交给他，叫他带回家给母亲。×××同志接到我的钱和饼干后，激动地说："班长，我太感谢你了……"

★ 雷锋发现战友小周家庭困难,便以小周的名义写了一封信,并寄去10元钱,使小周全家深受感动。

在雷锋的日记中，还有很多篇这样帮助身边战友的文字。这些日记，让我想到了自己第一次去雷锋生前所在部队的情景。那里的战士勤劳而纯粹，他们像雷锋一样，用干净的目光去注视这个世界，最大限度地去帮助别人，而且帮助对象并不仅仅是自己身边的战友，他们每个人都捐助过失学儿童、看望过驻地附近的孤寡老人，还经常以报告等多种形式传播雷锋精神。他们是这个社会自带温度的存在。有时候我会假设，如果社会上的每一个人，都像雷锋一样爱戴他人，都像雷锋生前所在部队的官兵一样，继承和发扬雷锋精神，那么，这个世界将不再有暗夜与孤苦，到处都会充满温暖的阳光。

那些浮动在岁月中的光影，如一片白色海滩，闪烁着令人迷醉的微光，我弯下腰，拂去薄薄的沙粒，发现了很多洁白的珍珠。在原雷锋所在团政治处文化教员王漪南的记忆中，有一件事让他印象深刻。

> 有一次我到运输连，正好他给一位同志理发，我感到很惊奇，他什么时候学会理发的呢？经我一问才知道，原来还有一段小故事。那是在抚顺望花区执行钢厂"751工程"施工时，任务紧张，星期天才能放假上街。大家也只有在星期天放假上街时去理发，理发的人星期天很多，要排号，有的同志没理上就赶回营房了。雷锋看在眼里，就想如何帮助同志们解决这个困难。连里有把理发推子，雷锋借来学着剪发。学理发也不是件容易事，开始帮助同志理发，大家都高兴，理了一两回，就

没人找雷锋理发了，因为他理发时夹头发、夹得生疼，同志们说："算了吧！雷锋，我可受不了了。"逗得大家直笑。雷锋并不气馁，决心要把理发技术提高。他休息时便去理发店看老师傅理发，自己琢磨着学，跟着老师傅转来转去。老师傅感到奇怪说："你又不理发，跟着我转来转去干啥呀！"雷锋把他要学会理发帮助连队同志解决困难的事说给老师傅听。老师傅很感动便教给他理发。以后雷锋学得很好，不夹头发了，大家又来找他理发了，这个困难终于得到了解决。

时至今日，理发工具被珍藏起来，各个部队依旧延续着战友之间相互理发的传统。很多时候，雷锋的举动潜移默化地影响着身边的人。记得一句诠释教育是什么的话，是这样说的："教育就是一棵树摇动另一棵树、一朵云推动另一朵云、一个灵魂唤醒另一个灵魂。"原雷锋所在连班长刘春元讲述了这样一件有趣的事。

一天下午，接到连部的通知，要到抚顺建筑工人俱乐部去看电影。我把部队集合起来，向大家宣布了这个消息，大伙都很高兴。可是，有几个轮着站岗的同志，扫兴地嘀咕着说："正演好电影，轮着我站岗，唉，多倒霉！"雷锋听见这些话，便站出来说："值班班长，我替×××站岗！再说——我看过这个电影了。"雷锋的行动，马上引起了强烈反应。这个说："我替×××。"那个说："我替×××。"留下站岗的那几个同志,原来的埋怨情绪,也都烟消云散了,争着说:"不,还是我站!还是我站!"

看到这里,我终于知道为什么雷锋入党、评先进时,战友们都是一致通过了。

不仅在军营,雷锋在人民群众中也有良好的社会基础。透过时空的窥孔,我来到了1961年春天。雷锋应邀到各地去作报告,他如温润的风为所经过的地方吹来惬意和温暖。人们流传着这样一句话:雷锋出差一千里,好事做了一火车。让我们来看看雷锋的记述。

1961年4月23日

今天早上接到上级首长的指示,要我到旅顺海军部队汇报。上午10点15分,我乘火车离沈去旅。列车上的旅客很多,我看服务员忙不过来,心想,自己是一个共产党员,共产党员的全部任务就是全心全意为人民服务。在这种情况下,我应当做一名义务服务员,为旅客们服务。我把自己的座位让给了一个老大娘,自己在车上找到了一把扫帚,挨个扫完了整个车厢,接着又擦玻璃和车厢,而后给旅客们倒开水。有个老太太很亲切地对我说:"孩子,看你累得满头大汗,该休息啦。"我回答说:"没什么!"……一个大尉首长站起来握着我的手说:"大家应该向你学习。"我对首长说:"为人民服务,这是我应尽的义务。"

列车在飞奔,旅客们个个心情舒畅,有的打扑克,有的唱歌,有的唠家常,还有的妇女逗小孩,广播员播送各种新闻和好听的歌曲,整个车厢充满了愉快和欢乐。

"旅客们注意啦!现在我们车厢要选一位旅客安全代表。"乘务员说。一位旅客站起来说:"选这位解放军同志,大家同不同意啊?"旅客们都异口同声地说:"好。"我真感到这是同志们对我高度的信任,那么,应该更好地关心大家。和旅客打交道,真好极了,原先不认识的,也认识了,亲热得像一家人一样,真是有啥说啥。旅客们有事都找我,但我并不感到麻烦,反而觉得荣幸。

这是雷锋去作报告时的日记,让我们再看看他回来坐火车时又发生了什么。

1961年4月27日

……

下午一点钟,我乘火车离开旅顺回沈阳。在列车上我看到一位有病的老大爷,我把座位让给了他老人家,并问他是什么病,他半天才说了一句:"痨病十多年啦!"我问他在旅行当中有什么困难,他说:"我到丹东还差一元钱买车票,我还没吃午饭呢!"毛主席教导我们说:"我们的同志不论到什么地方,都要和群众把关系搞好,要关心群众,帮助他们解决困难。"于是,我帮助他解决了旅途中的困难。

当时间的光影温热地照在纸面上，雷锋用自己的津贴，帮助大嫂买火车票，帮白发苍苍的大娘去抚顺找儿子，在雨中把背着孩子的妇女送回家……这些故事慢慢变得清晰。当时间的偏角转到现在，雷锋的影子依然映照在大地上。

2012年12月17日，伴着北国冰封的黎明，我随雷锋生前所在部队"重走雷锋路"小分队一行人，踏上了T12次从沈阳开往长沙的列车。在20多个小时、2000多公里的旅途中，小分队队员用行动再现了"雷锋出差一千里，好事做了一火车"的一幕。

早晨8时12分，列车行至辽宁省盘锦北站。

北国的霜雪让人们捂得严严实实，行色匆匆的旅客背着大包小包不断涌入车厢。小分队队员、上等兵戴宏达看到一位50多岁的旅客一人拎了4个大包上车，赶紧上前帮他把包往行李架上放。车里人多嘈杂，这位旅客没听清戴宏达说的"我来帮您"，倒被这帮助吓了一跳。看到戴宏达胸前的雷锋徽章后，那句马上就要脱口而出的"你们干吗"才一下子吞了回去，质疑的眼神渐渐变成感激，最后略带歉意地笑了。

列车启动，把乘客们的行李都放稳妥后，小分队队员、雷锋班第25任班长毕万昌开始为乘客们讲述雷锋的故事。当乘客们得知这位身着绿军装的下士是雷锋班班长时，渐渐安静下来，认真听他讲述。一位年轻的母亲对坐在自己旁边七八岁大的儿子小声说："儿子，快听听，雷锋故事。"有的乘客还特意转过身，伸长了脖子，想看看雷锋班班长到底什

★ 一位到抚顺探亲的老大娘迷了路，雷锋热情地把她送到儿子家。

么样，那位错把"雷锋"当"小偷"的旅客，此时也睁大了眼睛仔细地听着。

12时13分，北戴河站到了。

此时，小分队已经走过了4节车厢，一路捡垃圾，还到卧铺车厢叠被子，做"义务乘务员"和"安全联防员"。也不知是哪位乘客"走了风声"，小分队行至第五节车厢时，那里的乘客似乎早就知道小分队要来，一看到官兵们，整节车厢的人都鼓起掌来。

在小分队队员发放雷锋宣传册和徽章时，一位40多岁的中年男了特意为自己的孩子要了一份，还邀请3位雷锋班班长在上面签名。乘客们看到后一下子都凑了过来，让班长在自己拿到的宣传册上签名，远远看去，就像大明星在为粉丝们签名售书一样。我注意到，有一位拿到签名的乘客，看到扔在地上的饮料瓶子，赶忙捡起来放进了垃圾桶。

一位满头白发的老人得知小分队的活动后，特意找到小分队队员，讲起了她那个年代学雷锋的故事。

这位老人名叫张玲，是一位退休教师。她一见到小分队队员们，就唱起了那首年轻人几乎叫不出名字、关于雷锋的歌曲："英雄的童年，斑斑的血泪……"张玲老人近距离接触过雷锋，多年前，雷锋去沈阳市实验小学演讲时，她正在那所学校里读书。

"那时，人人都学雷锋。可能你们不相信，在那个年代，见了雷锋一面，我好几天都没睡着觉呢！"老人笑着说。此时，几乎整个车厢的乘客都围拢过来听老人讲故事。

不知不觉中，暮色已经降临，小分队队员们还在仔细清理着每节车厢小桌上的烟灰缸。火车越往南走气温越高,厚厚的羽绒服有些穿不住了。载着正在行动的"雷锋"们,火车慢慢驶向了"春天"。

这段文字写完后,当时被发表在《中国青年报》上,我为它取的小标题为"开往春天的列车"。

一位哲人说过,一个人的童年将影响到他的一生!而一个幸福的童年,必将迎来一个幸福的人生!如果这句话是对的,那么,童年对一个人的影响之深,可想而知。

雷锋在1960年至1962年牺牲之前,先后在两所学校担任校外辅导员。一个是抚顺建设街小学(现雷锋小学),一个是抚顺本溪路小学(现雷锋中学)。除此之外,雷锋还到过抚顺朝鲜中学、沈阳实验中学、124中学等学校作过报告。

雷锋虽然工作很忙,但经常利用休息时间,到学校去和师生们谈心;也会从报纸、刊物上搜集革命领袖、革命先烈和革命英雄的故事,讲给孩子们听。

2020年9月,在沈阳市关心下一代工作委员会召开的"传承红色基因,做新时代雷锋传人"主题教育座谈会上,我见到了雷锋辅导过的学生孙桂琴和陈雅娟。

孙桂琴,个子不高,满脸笑容地握着我的手,就像久别的亲人相见。恍惚间,我仿佛见到了雷锋。的确,就是他,让她身上的每个细胞,都承载着雷锋的基因。

1960年10月,雷锋担任抚顺市建设街小学的校外辅导员。当年,孙桂琴还是个梳着麻花辫的小学生。回忆轻缓地

★ 雷锋在学校作报告。

★ 雷锋从1960年10月起先后担任抚顺市望花区建设街小学（现雷锋小学）和本溪路小学（现雷锋中学）的校外辅导员，这是雷锋与建设街小学部分师生的合影。

★ 雷锋担任建设街小学校外辅导员后,给孩子们辅导的第一课是热爱祖国、热爱党、热爱毛主席。

从孙桂琴的眼中流过,她拉着我的手,开始讲述和雷锋相见的情景。

1960年10月的一天,我们抚顺建设街小学像过节一样,大家穿着整洁的衣服,排着整齐的队伍,站在校门两旁迎候十几位解放军辅导员的到来,幸运的是我被选为了站在欢迎队伍的第一人。当解放军叔叔向我们走来时,我的心跳都提到了嗓子眼。只听见校长高兴地对我们说,大家鼓掌欢迎解放军,你们看走在前面的就是雷锋。这时我眼前的雷锋个子不高、脸色红红的,走起路来特别有精神。在那隆重的主题大会上,当学校团支书记将一条鲜红的红领巾系在雷锋的胸前时,雷锋激动地哭了,他对我们说:"小朋友们,几年前我刚摘下红领巾,今天我又戴上了红领巾,以后我就是你们的大朋友了……"从此,他成了我们的大朋友,我们亲切地叫他雷锋叔叔。

1970年,17岁的孙桂琴接过雷锋的枪,参军入伍。无论在哪个岗位,她都带头宣传雷锋精神。她担任了全国130多所学校的校外辅导员,在全国作雷锋事迹报告2000多场。如今,早已青丝变白发的孙桂琴,还给我讲述了雷锋曾经手把手教她练习写字,带她一同到操场跑步,教她补袜子,带他们一起到瓢儿屯车站扶老携幼、到生产队参加助民劳动等难忘的美好时刻。当她讲起那张大眼睛合影照时,孙桂琴激动得禁不住流下了热泪。

★ 1962年4月，雷锋和小朋友们在少年之家活动，雷锋右一为孙桂琴。

1962年4月，我到少年之家读书，一间阅览室挤了不少同学，不一会儿，雷锋叔叔来了，我们高兴地围在他身边，他给我们讲故事，领我们念课文，不一会儿张峻叔叔也来采访雷锋。他看雷锋辅导我们学习就随手拿出照相机，要为我们和雷锋照相。当时由于我胆小，就偷偷躲到了一边。还是雷锋亲切地把我拉到了他身旁，见我个子矮，又亲自在我脚下垫了块砖头。我睁着一双大眼睛，高兴地望着我的雷锋叔叔。随着闪光灯的一亮，留下了那张大家都熟悉的幸福瞬间。

照片将时光锁住，留给世人无限的回忆与遐想。这么多年过去了，孙桂琴仿佛还是那个小女孩，眼中闪烁着温润的光彩。

和孙桂琴阿姨聊了一个多小时后，我向陈雅娟阿姨走去。陈雅娟，这位与共和国同龄的人，是参加过边境自卫反击战的老兵。她手里正拿着一张1963年5月30日的《解放军报》，虽然58年过去了，塑封的报纸也早已泛黄，但刊登在头版上的一位漂亮少年与雷锋一起看《解放军画报》的照片仍清晰澄澈。陈雅娟阿姨告诉我，那位少年就是她。那年她12岁，是少先大队的副大队长。

陈雅娟为我讲述了雷锋牺牲前两天，和他最后一次见面的情景。

那是1962年8月13日，也就是我们即将暑假结束

★ 雷锋和建设街小学的孩子们在一起,左一为陈雅娟。

就要开学的前两天。那天天气格外晴朗,因为头天夜里下过一场大雨……清晨起来我串联了几名班干部,商量去部队看看辅导员出差回来没有,因为马上就要开学了,我们应该把暑假的情况向辅导员汇报一下,大家一致赞同。于是吃完午饭我们就跑到部队去了,一进营区雷锋的战友就一个接一个地喊:"雷锋,小朋友找你来了!"我们加快脚步往雷锋连里跑,正跑着,一名解放军叔叔指着车场告诉我们说:"你们的辅导员在那里修车呢,我们就直奔车场跑去。"雷锋见我们来了,就从车底下钻出来,和我们一一握了手,高兴地说:"好长时间没见你们了,暑假生活愉快吗?"我们向辅导员汇报了暑假学习、活动情况,辅导员感到很满意。接着他叮嘱我们说:"新的学习马上开始了,你们要升入小学六年级了,是全校大哥哥大姐姐,可要在多方面起好样子呀……"

……

临走的时候我们一再告诉辅导员8月15日是我们学校开学典礼日,辅导员一定争取回来参加我们的开学典礼大会,辅导员回答说:"放心吧,我一定争取赶回来。"

可是,"争取"是个不确定的词汇,我多么希望他说的是"放心吧,我一定赶回来",如果当时雷锋去掉了这个"争取",是不是他就可以实现小朋友们的期待了?

少年时代的陈雅娟,有幸结识了雷锋,并成为雷锋辅导过的学生,深受雷锋精神的陶冶感染。50多年来,她担任

★ 少先队员为雷锋佩戴红领巾。(图一)

★ 少先队员为雷锋佩戴红领巾。(图二)

★ 雷锋和建设街小学的孩子们在一起。（图一）

★ 雷锋和建设街小学的孩子们在一起。（图二）

★ 雷锋向少先队员们讲述共产党、毛主席为人民建设的丰功伟绩，希冀孩子们长大后做无产阶级革命事业的接班人。

★ 雷锋一有时间就赶到学校，给小朋友们讲故事，还用节省下的津贴买了《为人民服务》《纪念白求恩》等书籍，辅导同学们学习。

★ 雷锋教小朋友学珠算。

★ 雷锋和建设街小学两个小朋友合影。

★ 雷锋经常带领孩子们参加劳动,培养他们爱国家、爱集体、爱劳动的好品质。

★ 雷锋将"节约箱"带给孩子们,提倡勤俭节约精神。

★ 野营路上,雷锋利用休息时间为大家读报。

了近百所学校的校外辅导员，作报告近 2000 场。

雷锋辅导过的学生到底有多少，谁也说不清；雷锋与辅导过的学生之间的故事，讲也讲不完。孙桂琴阿姨和陈雅娟阿姨，仅仅是雷锋辅导过的学生代表。她们与雷锋的故事见之于诸报刊，正是雷锋关爱青少年的重要佐证。

冬天对于东北大地来说，总有一种极寒天气带来的诸多挑战，零下二三十摄氏度的气温，早已使得人们有了不太喜欢出门的习性。冬日是萧瑟的，如果不必要，整条街都看不见几个人影。但对于军人来说，打仗不分冬天还是夏天，训练不分严寒还是酷暑。这一年的冬日，雷锋所在的运输连受领了一项特殊任务，需要派一个班去铁岭山区执行运输任务。所有人都知道，冬季的山区积雪厚、路滑山险，所以一定要派有经验且驾驶技术过硬的班去执行任务。

四班，最终成了这个任务的执行班级。而已经成为四班班长的雷锋无疑成为了这次任务的带头者。

13 号车、3 号车、14 号车、15 号车……一个浩浩荡荡的车队向山区驶去，越来越大的颠簸时刻提醒着驾驶员，他们正在行驶的路段是需要百分之百集中精力的险路。

很快，一道江汊子挡住了这个运输队伍，乱石、树丛以及一人多高的芦苇挡住了他们的去路，眼看着无论如何也过不去了，开 13 号车带队的班长雷锋把车停下，跳下来观测可以行驶的地方。很快他发现，根本没有车可以走的路了。好在不远处有一座正在冒着炊烟的老屋。雷锋赶紧跑过去，一位乡亲迎了出来。很快，乡亲答应和雷锋一起探路。经过查看，雷锋觉得他们可以从干河套上过去。为了保证安全，雷锋先加大油门，发动了他的 13 号车，顺着乡亲在雪地上留下的脚印向前开着。虽然车身不住地颠簸，但雷锋咬紧牙关，集中精力，沉着应对，很快，汽车闯过了干河套，顺利通过江汊子。

雷锋随即又跳下车，去指挥后面的车队安全、迅速驶过。

让所有人都没有想到的是，刚谢别乡亲，这样一支行驶在冰窟窿里的车队，马上又遇到了困难。一段积着厚厚冰雪的山阴路，让汽车轮胎成为了原地打转却不向前行驶的装饰物。无论雷锋的 13 号车怎样向前启动，汽车就是不动地方。

战士们你一言、我一语，想着解决问题的办法。有人建议用垫土垫草的方式或者刨冰的方式，增加轮胎与地面的摩擦力来解决问题。说时迟那时快，大家分头行动，弄来了苇草，有的用大镐在车前刨起了冰，就这样，整个车队一起行动，很快就从冰坡上冲了出来。

雷锋带着四班的车队继续行驶着，他们还有很多路要赶，刺骨的寒风从车窗缝隙中钻进来，钻进了战士的棉衣里，停留在驾驶员的脸上。而此时此刻，他们似乎早已将寒冷忘在脑后。因为脚下的路隐藏着危险，稍微一走神就容易中了寒冬的诡计，而出现事故。

不知什么时候，天色渐渐暗了下来，茫茫山野中，一个车队在孤独地盘绕着山路行驶，他们将车灯都打开了，双手紧紧地握住方向盘，脚下踩的不光是油门和离合，还有无比的责任，90 度转弯、高崖、深谷、墨色的夜，在偶尔露出云朵之外的月光下，雷锋率领的车队攀山越岭、蜿蜒蛇行，渐渐隐匿在银色的大地上，成为几个小黑点。

最终，他们克服了一切极寒和地形带来的困难，圆满完成任务。

同样是冬天，同样是班长，在50多年后的2012年，在"重走雷锋路"成员——第22任雷锋班班长吴锡有身上发生了这样一件事。当时我作为随行人员，用笔记录了这个暖人的瞬间。

北京西站中铁快运提货处挤满了前来提货的人。下午5时，一本士兵证被递到服务台，一个30出头、扎着马尾的圆脸工作人员不禁抬起头：眼前是两名军人，当她核对证件时，发现士兵证并不是眼前这两名军人的。

"除提货单外，请提供你们的身份信息。"

来北京"重走雷锋路"的中尉吴锡有和下士颜家丰迅速把手放进兜里找证件，却发现匆匆忙忙间谁都没带。这次托运的是第二天要在北京捐赠的1200本雷锋图书、宣传手册和雷锋像等捐赠品。

提货处快下班了，两个年轻人急得满头大汗。吴锡有抬手看了看表，突然对工作人员说："我是第22任雷锋班班长吴锡有。"这是这个身高1米75的前任雷锋班班长现在唯一能想到可以证明自己身份的办法。

看着吴锡有军装上的姓名牌，工作人员问："你怎么证明你是雷锋班班长？""网上有我的照片和简历。"工作人员上网查了起来，很快，带有第22任雷锋班班长的照片和简介出现在面前，她认真地核对后，立刻起身叫来了北京西站中铁快运的杨经理。

正忙着调运的杨经理跑了过来。"雷锋班？快、快，运单给我，我给你们找。"杨经理说话很麻利，边走边问他们的行李什么样，然后一头扎进500多平方米的库房，自己驾驶着叉车一溜烟就开进去了。片刻，5大箱行李放在吴锡有面前。

杨经理拍拍袖子上的灰，问道："你们有车吗？"

吴锡有感激得不知说什么好，连忙指了指门口事先租好的面包车，杨经理上前和面包车司机认真地交代了几句，并帮他们把行李装上车。

谢过杨经理，他们坐着租来的面包车，驶进了北京的暮色中。在十字路口等绿灯时，司机师傅好奇地回过头说："杨经理说你们是雷锋班的？我开了4年车，遇到你们实在太难得了。"交谈中，他们得知这个司机师傅生活并不富裕，妻子和他一起在城里打工，孩子放在家里让父母照顾。

到了驻地，3个人一起把行李卸下来，吴锡有拿出事先说好的200元钱车费交给司机师傅，他怎么也不肯收，一边推一边说："全国就一个雷锋，就一个雷锋班，你们学雷锋做好事，我们也应该学雷锋做好事，你们帮助别人，我们也应该帮助你们。"说完扔下吴锡有硬塞到手里的钱，开车走了。

吴锡有和颜家丰站在晚风中，庄严地向面包车离去的方向敬了一个军礼。

这篇文字刊登在当年的《解放军报》上，用"雷锋名片"的标题记录着关于雷锋班班长的故事。

一分一秒、一分一秒……时间的沙漏一点点向下滴落，雷锋在部队的951天，还剩下……我不敢细细查算，我慢慢闭上眼睛，听见脑中一片嗡鸣……

第八章 烈士墓

当人类发明了钟表，时间就开始以滴滴答答的声响、指针一圈一圈旋转的形式被表达出来。时间的形式，一刻不停地提醒着人们长大、经历、责任与不得不接受的老去。当人们在某一刻不再追寻时间，生命戛然而止的时候，在神秘的时空里，记忆会延续生命，让他永远年轻。

1962年的故事，我一直不忍写下去，我早已知道这一年会发生一件令人悲痛的事，我宁愿在别的小事上多费些笔墨，来拖延这件大事的到来，仿佛我的拖延可以阻止时间的推进。然而，我还是不得不面对这样一个日子。在1962年之后每年的这一天，有很多人会走到他身边，献上一朵或一束白色的花。天空中偶尔飞过几只鸟儿，我可以把它们扇动的翅膀、稀疏的鸣叫，当成对他的回应吗？他是不是看见了我们一个个从少年到青年，年复一年对他的祭奠与怀念？此刻，我不得不抬起笔，开始讲述1962年8月15日的事情。

头一天晚上，指导员高士祥宿舍的门被敲开，高士祥这样回忆：

雷锋到我们几位指导员宿舍（住在老百姓家）向我汇报说："车管助理员指示车辆明天要赶回抚顺望花修理所进行三级保养，五天修完就赶回来。"我告诉他："施工任务已处于收尾阶段，9—10月份任务很重，如果不抓紧时间进行保养，部队10月末返回营区，你们班还要有往回运输各连物资的任务，怕是有困难的。"他听后高高兴兴地回班里去了。15日我早起散步，看见雷锋和小乔在后勤处李助理员住的房间东一间小草房边，往车上扛被服等物，便问："你们什么时候走？""吃过早饭就走。"雷锋回答说。"你们俩一定注意安全啊！"雷锋笑呵呵地说："是，指导员，请你放心！"当我离开他们时，雷锋还很礼貌地对我说："再见！指导员！"

高士祥不会想到，雷锋这次并没有听从他的命令：注意安全！而这次再见是真的再也不见了……

雷锋和战友乔安山驾驶着嘎斯车从工地回到驻地，他们想先把汽车冲洗干净后再去吃午饭，吃饭间车上的水被晒干，就去修理所借些工具，请王教员和白副连长一起保养车子，这样就不用把车送到修理所保养了。所以，他们现在准备先把车直接开往九连炊事班外的水龙头那里洗车。只不过要去那里洗车，必须要经过九连连部房前和晒衣绳之间的狭窄土道，还得拐一个直弯。没有人知道，死神早早等在那里，注视着眼前的一切。

秋雨稀稀落落，徒留大地一片凄凉，路上的一摊摊水渍被路过的车轮闯入，飞溅起阵阵水花。一切仿佛平平常常。接下来发生的事情，我更愿意交给雷锋的战友——我将引用高士祥指导员调查了好几遍的文字来还原。

当时雷锋从连部回来，把连长同意的意见告诉了乔安山，然后俩人争抢手摇把子摇车，结果还是让雷锋把手摇把子抢过去，由乔安山开车，雷锋拿手摇把子从近道赶到九连伙房门口等候，乔安山将车开到九连部向左拐弯时，车停住了，乔安山当时担心汽车保险杠右侧还差20多厘米就顶着九连连部房子，左右轮边有棵杨树，相距15厘米左右，在向前方约一米远有一根柞木方子，埋在地下50厘米深，木方是40乘60公分粗细，上面拉着8号铁线，一直拉到炊事班门前，约70米左右长，中间用钢筋支着，平时给干部、战士晾衣服、晒被用。这时乔安山没敢往前继续开，车停下后把头伸到车门外喊班长，雷锋听见后立即前去问怎么回事。

乔安山告诉他说："班长，你看看能不能撞上房子？"雷锋左右看看便问："方向盘打死了没有？"

乔安山说："打死了！"

雷锋在前进方向侧用手指挥走。当时乔安山是挂二挡起步的，而且方向盘回轮很快，结果车左后轮将木方给挤倒了，木方与拴在树上铁线被拉断，木方向左前方弹了出去，正好砸在雷锋的头部，惨剧发生了。

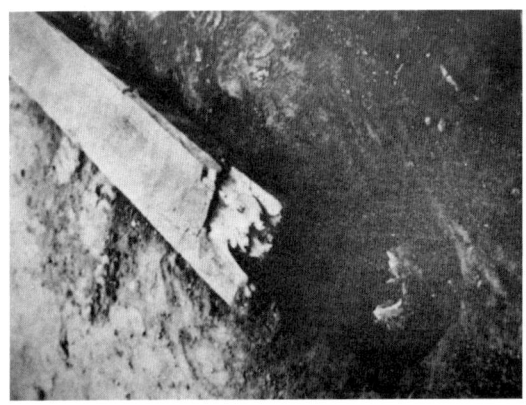

★ 雷锋牺牲现场。

就像我们之后所知道的一样，木方砸在了雷锋的太阳穴上。如果雷锋高一点或者矮一些，这个木方都不会用它死亡的高度导致这样的后果。乔安山并不知道雷锋已经倒在地上，只感觉"吭哧"一声，他继续把车开到了九连的水管跟前。

  乔安山说："如果当时是一挡起步，慢一点就不会出事了。"乔安山还说，当时他还不知道出了事，等他把车开到伙房停下时，才发现雷锋躺在地上。乔安山急忙边跑边喊："雷锋班长，班长……"抱着雷锋的头大声哭叫。

此时的雷锋已经不能再说一句话。也许，他听见了乔安山焦急的呼喊，他想回应。但从这一刻起，雷锋向这个世界表达的言语和文字都将不再出现，他微弱的呼吸，苍白地融入空气当中。时间仿佛停止，一切仿佛变得安静起来，我在一旁注视着这一切，目光苍茫。指导员高士祥继续讲述：

  喊声惊动了九连留守的两个战士，他们从葱地里同时跑出来，虞连长在连部办公室听到喊声也跑了出来，看到雷锋被打倒在地，只喘气不睁眼，也不能说话，虞连长急得直打自己嘴巴，他让在车场训练的白、曹二位连长赶紧开车来，赶紧把雷锋送往西部医院抢救。

还记得西部医院吗？就是在中秋的时候，雷锋将自己没舍得吃的月饼，送给在这里休养的战友的那家医院。只是这一次，雷锋不是自己走进来的，而是被人抬进来的。

后面的发生，我们交给当时的连长虞仁昌：

这时，我亲自把雷锋抱上汽车，让车直接开往望花西部医院，从车上下来，就背上了二楼抢救室，抢救中体温过高，我急忙到楼下买了一箱冰棍进行降温；温度刚降下来，突然呼吸停止了。医生进行人工呼吸后又恢复。这时一位医生对着我们问："你们谁是负责人？"我应声后跟他进到一个小房间里。他说："这个人不行了，颅骨骨折，内部出血，得立即做手术，我们这儿做开颅手术不行，赶早去沈阳接陆军总院大夫。"我一下子吓呆了，含着眼泪焦急万分地对他说："他是毛主席的好战士雷锋啊！请您们无论如何要千方百计地抢救他呀！"他听了我的话后，就提笔写了一张便条，说："快些派车去沈阳军区总院，把脑外科主任段教授请来。"我拿了字条折返小路脚不沾地地跑回连里，连里的同志们一下都围上来问我"雷锋怎样了？"……我顾不上旁的啦，忙对副连长白福祖说："你快点，马上开车到沈阳……"他接过医生写的便条含着眼泪说："只要能把雷锋同志治好救活，我牺牲生命也愿意。"我看他那激动的样子，忙说："不，雷锋要救，您也要注意安全。"恰好这时候，团司令部的军务股长来到连里，我灵机一动便用请求的口吻说："股长同志，我们白副连长的心情太激动，能否请您跟车一起去趟沈阳，以便坐在驾驶室里帮助指挥一下?"股长慨然接受了我的请求。

时间一分一秒地过去,当人们急于做某件事的时候,时间仿佛在赛道上从漫步变成了冲刺,快于平时数倍地流逝着。白副连长和时间站在同一条跑道上,开车向前方的微光驶去,沈阳的交警看到车速如此之快,想要上前阻拦,白副连长大声喊着:救人!救人!

车轮以最快的速度飞一样地旋转,一刻未停,直到接上早已等在门口的沈阳军区总医院脑外科教授,又加速往抚顺西部医院赶。

此时在西部医院里,医生们一刻不停地全力抢救雷锋。只是,死亡弥漫在周围,雷锋10分钟抽一次,频率越来越快,后来五六分钟就抽一次。虞仁昌接着说:

> 医生特别认真负责地接连做了几次人工呼吸,可是效果不佳。后来医生经过征求我的意见,把喉管切开进行呼吸处理,只见腹部起伏了一下又停止了……经过约二十来分钟,医生放下听诊器说:"不行了,你们料理后事吧。"

死亡的黑雾更重了,无论怎样折腾,生命的光晕在慢慢缩小,直到完全融入茫茫黑雾之中……

那边,白副连长带着专家飞驰在回来的路上。只是,就在这个时候,时间已经率先冲过了终点。当他们赶到医院时，雷锋已经停止了呼吸。

看着躺着已经没有生命迹象的雷锋，教授痛惜地说，如果他能及时赶来的话，即使可以保住雷锋的生命，但恐怕也是要残废的。他来晚了，没有完成任务。

1962年8月15日12时05分，雷锋同志离开了我们。

两个护士把雷锋推到了太平房，白被单轻轻地盖着这个刚刚逝去的生命。乔安山痛不自已，他到现在也不敢相信，早上还有说有笑的班长，已经和他阴阳两隔。虞连长将雷锋的衣服解开，给他擦洗身体，他甚至将脸贴在了雷锋的肚子上，那里的温度暖暖的，似乎和平常人并无两样。虞连长又跑去找医生，他再一次恳求：您再救救他吧！他肚子还是热的，您再去试试吧！医生看见虞连长泣不成声的样子，告诉他，雷锋脑部挫伤，内部出血，即使身体好好的，也没有用了。

此时的乔安山，也跟着来到了太平房，他脑海中一遍又一遍地播放着上午的经过，有时候时间的片段甚至是混乱的，雷锋跟他说话了，雷锋已经走了，雷锋在哪儿？他已经躺下了吗？他是不是睡着了？他还会起来跟我说：小乔，小乔，我们去洗车，我在伙房门口等你。

乔安山的头顶仿佛盘旋着巨大的空洞，眼前的一切如此不真实，直到一个老头过来问："你出去不？我要锁门了。"

乔安山说："不出去，你锁吧！"乔安山脑子里一片空白，他根本注意不到自己是在太平房里。他在那里坐了20多分钟，也许，这20多分钟，他已经老了20年。

后来陈排长好不容易把乔安山带了出来，然后放在了连

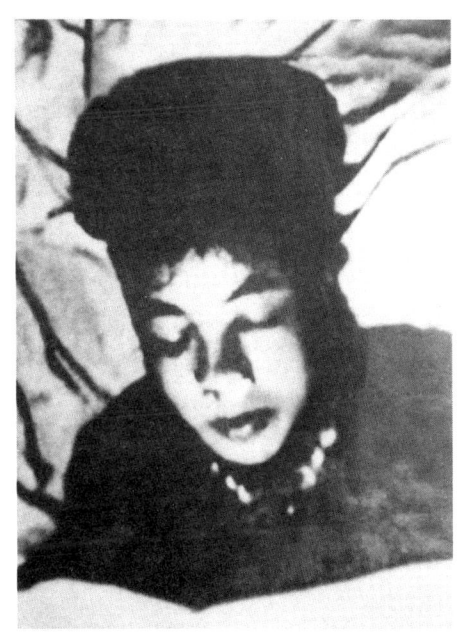

★ 雷锋因公牺牲。

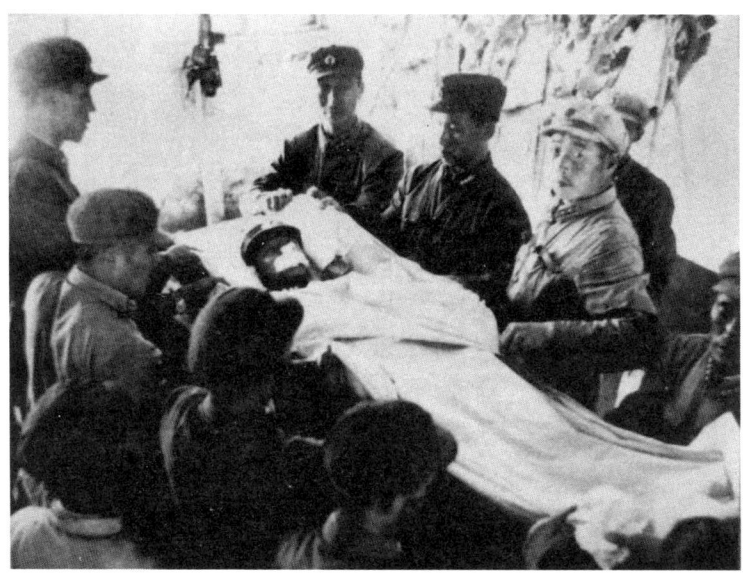

队后勤招待所的一个小屋里关了禁闭。

忙碌与悲伤不断播撒、蔓延，指导员和政委、政治处主任已经赶回连队，只见干部、战士都低着头。抚顺市和望花区领导，周围的群众、学生们知道雷锋出了事，也纷纷赶了过来。他们得知雷锋在西部医院抢救，又奔到了医院里。只是，韩政委他们见到的，是已经躺在太平房里的雷锋，右眼眉上方，鸡蛋大的包高高隆起，这张脸看起来，既熟悉又陌生。

随后，高指导员和虞连长回了连部，在下午1点多钟的时候，向军区工程兵领导报告了雷锋牺牲的详细情况，高士祥这样回忆着：

> 他介绍着，韩政委问乔安山在哪儿，回答说被禁闭起来了。政委指示我把乔安山放了，他说："不能死了一个人，再死第二个人，你要负责他的安全，不要让乔安山再发生意外，千万不能再死一个了。"我和副连长立即来到乔安山被关禁闭的地方。

此时的乔安山正在想什么呢？他过后跟高士祥指导员说：

> 我当时在想，雷锋让我给撞死了，我也活不成了，最低也是无期徒刑。

就在乔安山一个人在禁闭室陷入无尽自责的深渊之时，高指导员来了。

  我和副连长立即来到乔安山被关禁闭的地方,见两名战士持枪而立,为解除乔安山的紧张感,我故意大声对哨兵说:"你们还在这干什么?政委让你们回去,乔安山没有事了。"乔安山一见到我就边哭边说:"我有罪啊,我有罪啊指导员,这么好的班长让我给撞死了,让我跟班长一起去死吧。"

  读到这段话的时候,我竟然也跟着泪流满面。多好的战士,多真挚的情谊,多真切的心啊!联想到后来那部让我感触颇深的电影《离开雷锋的日子》,联想到雷锋牺牲所带给乔安山的一切,我觉得自己也仿佛沉浸于……我知道,如果能够替代,乔安山一定会毫不犹豫地用自己的生命替换下"雷锋"。而我,在读到这段文字的时候,也有这样的想法和这样的冲动。

  看到泣不成声的乔安山,指导员一直在安慰,乔安山没有想到,组织上会把自己放出来。而对于雷锋的死亡,经过现场反复勘察,最后认定为伤亡事件,既不是乔安山有意所为或者驾驶技术不过关,也不是雷锋的指挥事故,而是一次偶然的意外伤害,经过军区工程兵政治部领导审查,确定雷锋牺牲为"因公殉职"。

  为了保护乔安山,高指导员无论走到哪里,都把他带在身边;连队的战士们也是几天几夜睡不好觉;大家都不敢相信:雷锋真的已经不在了。他的军被安静整洁地放在铺位上,还是温热的,上面停留着他的气息,它们飘散在空气里，出现在战友们因悲伤而不舍的离别中。

1962年8月15日，仿佛超越了时间的正常维度，它被一个叫雷锋的战士无限拉长，雷锋辅导过的学生陈雅娟也跑了过来，她这样回忆着：

> 8月15日下午，当我们满怀暑假生活的喜悦，来到学校参加开学典礼大会，同学们刚刚集合好，这时不知是谁说了一声辅导员怎么还没来呢。这时我们班一名姓李的同学突然跑过来对我说："陈雅娟，听我姐姐说，咱们辅导员受重伤了（他姐姐是二院护士）。"什么？我真怕是听错了又问了一句，当我证实自己没有听错时，心里乱极了，恨不得马上跑到部队去看看究竟。好容易盼到大会结束，我们怀着忐忑不安的心情直奔部队跑去。当我们走进营区，看到好多解放军战士，有的蹲在树底下，有的站在房檐下，没有一个和我们打招呼的，再也没有听到一个解放军叔叔喊："雷锋，小朋友找你来了。"此情景使我的心又紧张起来，我们三步并做两步跑到了雷锋连部，推开门迎面碰到高士祥指导员，我迫不及待地问："指导员，我们找雷锋叔叔来了，他在哪里？听说他受伤了是真的吗？"指导员没有马上回答我们的问话，他眼含热泪，指着我们对身边的首长讲："这些孩子就是雷锋生前辅导过的学生。"当我们听到"生前"二字时脑袋顿时嗡地一下，是不是听错了，我们又赶忙追问一句。指导员这时再也控制不了自己的感情了，他声音颤抖地说："同学们，你们的好辅导员，

我们的好战士雷锋同志已经因公牺牲了。"真是晴天霹雳呀！同学们抱头痛哭起来："雷锋叔叔，你不是说今天一定来参加我们的开学典礼吗？怎么你连一面都没见我们！"我们万万没有想到，8月13日竟是我们和你的最后一次见面。

雷锋牺牲的报告是文书齐贵春写的。他是和雷锋一同参军入伍的战友。他的手颤抖着、心颤抖着，不敢相信自己的笔下竟是真实的离别。连队在雷锋身边安排了正、副排长以上干部全副武装站岗，半个小时一班地轮换为雷锋守灵。一直沉浸在巨大的悲伤之中的乔安山，也被允许前来守灵，他多么希望这一切都是一场梦。雷锋牺牲后，时任抚顺市委书记的沈越把预备给自己母亲的棺材献了出来。在雷锋牺牲的第三天，也就是1962年8月17日下午1时，"公祭雷锋大会"在望花区委礼堂举行。

人们知道这一天会来很多人，他们有沈阳军区和工程兵部队的战友代表，抚顺市党、政、工、青、妇各级领导，望花区的党政领导以及学校的学生代表。但人们没有想到的是，这一天，自发而来的群众，远远超过了追悼会预估的人数规模，望花区委的礼堂容纳不下，人们就站在大院里，为雷锋送行。

灵柩停放在礼堂台上的正中，披着黑纱的遗像，再一次告诉在场的每一个人，这个充满阳光的生命逝去了。那些围绕在两旁的花圈层层叠放，一切的一切，都有些猝不及防，但人们又不得不接受这个令人悲痛的事实。

主席台上的横额写着"公祭雷锋同志大会",挽联为"学雷锋不怕苦,不畏难,以行动作纪念,争当五好战士;学雷锋对敌狠,对己和,化悲痛为力量,共练杀敌本领。"

这一天,只要雷锋灵柩经过的地方,到处都是人群与哭泣。天空中弥漫着悲伤,思念的鸟儿在枝头停留,共同唱着哀婉的乐曲,数十万人前来送别雷锋。雷锋最后一次从望花区礼堂走过和平大街、戈布大桥,这些地方留下过太多令人无限回望的身影。那些他不能再亲身探望、帮扶、爱护等行为,从这一刻起,将被更多的人效仿、复写。雷锋这个名字将成为一种精神的代名词,在这片土地上继续播撒爱与温暖的种子。

下午3点半,为保证送葬车辆的通行,市区交通在这一刻静止了。团里派两台摩托车在前方开道,后方紧跟着三轮摩托车,汽车连排长谢伯林双手擎着雷锋的遗像坐在上面,由白福祖副连长驾驶的灵车紧随其后。再向后看去,是十几辆军车、地方领导乘坐的小车,以及拉着花圈的大解放。

戈布烈士陵园是安葬雷锋的地方,汽车连的一部分战士早已挖好墓穴在那里等候。车队抵达后,雷锋的灵柩被稳稳抬起,又平平稳稳地放进墓穴。悼念的人群每人抓一把土撒在灵柩上,用这种方式和雷锋做最后的告别。

当地百姓按照地方风俗,在雷锋的墓前摆了一张桌子,桌子上燃着香火,香火旁摆放着馒头、水果、菜品、筷子;墓穴里放了铜钱和红布,以他们自己的方式,表达着对雷锋的爱戴。

战友们一圈一圈地围着墓穴走,谁也不愿意就这样把土

★ 雷锋公祭大会。

填上……

雷锋墓前，立着一块木制碑文：毛主席的好战士、中国共产党党员、抚顺市人民代表、中国人民解放军工程兵工程第十团班长，雷锋烈士之墓，一九六二年八月十七日立。

1964年4月3日，清明节前夕，雷锋棺椁由戈布烈士陵园迁葬到望花公园东北角。

望花公园东北角，我一次又一次地来到这里，在一个个晴朗和风或细雨绵绵的日子，那里常年摆放着不同人群前来祭奠的鲜花，空气宁静，墓石澄澈，没有一丝纷扰。看着墓碑正面由书法家舒同写的"雷锋同志之墓"，我知道，关于雷锋的故事，我的讲述即将结束。但雷锋精神从他离开的那一刻起，便永远地在中华大地上飞扬，它变成了滋润土地的绵绵细雨、温暖大地的缕缕阳光。雷锋不曾离去，他一直以年轻的姿态，注视着他深爱的这片土地。一个又一个雷锋出现了，他们是少年、青年、中年……他们是学生、工人、解放军……他们有各自的名字，他们又有一个共同的名字。那些以雷锋命名的商店、餐馆、党员示范岗、奖章，那些贴了雷锋像的出租车、别着雷锋像章的人们，都在向这个世界表达自己的一份心愿。他们希望自己能和雷锋一样，将温暖带给别人，用爱抚慰那些黑暗与阳光照射不到的地方。这么多年过去了，雷锋他还活着，他，永远年轻！

永恒，当然不是一个可以轻易说出和轻易使用的词。但雷锋永恒、雷锋精神永恒，我相信没有人会怀疑、会否认。他值得永恒。

★ 戈布烈士陵园。

★ 雷锋同志之墓。

★ 雷锋塑像。

★ 雷锋同志之墓。

1963年1月7日,中华人民共和国国防部命名雷锋生前所在部队运输连四班为"雷锋班"。

1963年2月23日,共青团中央作出《关于追认雷锋同志为全国优秀少先队辅导员的决定》。

1963年3月5日,毛泽东主席等老一辈无产阶级革命家陆续为雷锋同志题词。

毛泽东同志题词:向雷锋同志学习。

刘少奇同志题词:学习雷锋同志平凡而伟大的共产主义精神。

周恩来同志题词:向雷锋同志学习,憎爱分明的阶级立场,言行一致的革命精神,公而忘私的共产主义风格,奋不顾身的无产阶级斗志。

朱德同志题词:学习雷锋,做毛主席的好战士。

邓小平同志题词:谁愿当一个真正的共产主义者,就应该向雷锋同志的品德和风格学习。

……

1964年8月15日,抚顺雷锋纪念馆奠基修建。一年后正式落成。

1968年3月5日,湖南省望城县"毛主席的好战士雷锋纪念馆"(后改名为雷锋纪念馆)正式落成。

1990年2月21日,江泽民同志题词:学习雷锋同志，弘扬雷锋精神。

1992年9月28日，沈阳军区雷锋纪念馆正式落成。

1993年3月4日，胡锦涛同志在纪念毛泽东等老一辈革命家为雷锋同志题词三十周年大会上强调：雷锋精神对于我们这个民族和社会过去具有、现在仍然具有重大价值和时代意义。

2014年3月11日，习近平同志出席十二届全国人大二次会议解放军代表团全体会议时强调：雷锋精神是永恒的，是社会主义核心价值观的生动体现。

2018年9月28日，习近平同志来到抚顺市雷锋纪念馆，参观时发表了重要讲话：雷锋是时代的楷模，雷锋精神是永恒的。实现中华民族伟大复兴，需要更多时代楷模。我们既要学习雷锋的精神，也要学习雷锋的做法，把崇高理想信念和道德品质追求转化为具体行动，体现在平凡的工作生活中，作出自己应有的贡献，把雷锋精神代代传承下去。

它们是历史的丰碑，是纪念的丰碑，更是精神的丰碑！

相遇

后记

或早或晚,我和雷锋终是相遇了……

2012年12月18日,雷锋72岁生日这一天,我以记者的身份,参加了雷锋生前所在部队组织的"重走雷锋路"活动。从这一天起的10天里,我走过了雷锋的出生地湖南望城、雷锋留下影像的武汉长江大桥、北京天安门,工作过的鞍钢、弓长岭,最后到达位于抚顺的雷锋生前所在部队。也是从这一天起,雷锋的面目在我脑海里逐渐变得清晰,那些有关他的只言片语不断汇聚,如同涨潮的海水般向我扑来——那些旧物、和雷锋有过交集的人、他们的回忆与讲述,在时空的撞击中,发出深沉的回响。

直到8年后的"五一劳动节",我的老师侯健飞教授打来电话,希望我能写一写雷锋。听到他这样说,我既兴奋、又为难。兴奋的是那些有关雷锋的回响,一直在我脑海中不曾散去,它们如春日里恬静的水面,一直闪烁着淡黄色的微光,我愿意为这个伟大的战士书写;让我为难的部分也许更多地归因于胆怯,我怕自己写不好,我怕这样一个可爱的人从我笔下走出来时，会收紧手脚，毕竟在写作上，我只是个初学者。

我在大量史料中游弋了两个月后，终于在一个雨后的清晨，打开电脑，开始了关于雷锋的讲述。微风吹动着窗边的白色纱帘，带来丝丝清透的气息，那些前辈们写过的有关雷锋的故事，占领了书桌的各个角落，它们带着各自的腔调，或急或缓，在时空中发出层叠的声响。我不经意地朝它们一瞥，就发现某本以雷锋照片为封面的书，正以相遇的目光回以微笑，没错，那是雷锋的微笑。雷锋仿佛走到了我面前，正注视着我写作。也许他和我一样，期待着那些流淌的文字中，有一个真实而生动的自己。我抬起头冲他笑了笑，键盘继而发出了不间断的清脆敲击声。

文字和语词一个接着一个出现，不知什么时候，我闯入了那个年代。仿佛在雷锋的世界里，我这个个体若隐若存，用现在的发生和故事叙述方式，去领会着那个年轻的生命，重现那个一定会延续至无限的民族记忆。我无数次梦见跟雷锋有关的事物，有些时候，我甚至分不清哪些是真的、哪些是梦境里的。很多个清晨，我从床上立刻爬起来，去翻阅那些时光中的影子，想求证那些不断盘旋在头脑中的细碎。

直到有一天，我体内脆弱的一面突然跑了出来，既焦虑又无助，雷锋的故事还没有讲完，我却被生活的烦恼打断了。那里有太多的事情需要我去做。我看着电脑屏幕中反射出的那个自己，就像一个放在窗台上好几个月的苹果，干巴巴，失去了水分。就在这个时候，父亲突然打来电话，他以饱含深情的口吻提醒我，今天是雷锋的生日。没错，这一天是2020年12月18日,如果雷锋还在,今天他就80岁了。我突然醒过神来,觉得自己的小小苦恼,在雷锋面前甚至不值一提,他一定是看到了我的样子,特意来拍拍我的肩膀:喂!小朋友,你怎么了?我仿佛真的听见了雷锋夹杂着湖南腔的普通话。瞬间,我泪如雨下。我再一次回到书写雷锋的文档中,久久注视着那个闪动的光标,因为我知道,我对雷锋的讲述,已经进入了1962年的春天,我不能阻止时间的推移,即使在写作当中。

重现、认知、理解并捕捉雷锋头脑中的做事动能,是我一直想破解的事情;透过这些事实去领会并学到他的做事方式,是我们学习雷锋的重要基础。所以,在写作中,我尽量用自己的时代去融入雷锋,用类似浸没戏剧的手法去表现雷锋。我希望当人们读到这些文字时,能感受到埋藏其中的悸动与真情,继而以雷锋的方式重新体悟和感受生活。

在这里,我不得不强调并表达我的感谢。有关我和雷锋的相遇,我要感谢戴明章同志的《回忆雷锋》,我从这本书里,几乎看到了所有和雷锋有过交集的人。他们用真实的口吻告诉我,那样年岁的雷锋的样子,而且我的大多数引用均来自这本书;我要感谢军旅作家胡世宗,他听说我想了解雷锋,热情地为我提供了他所著写的雷锋故事,并在信纸上留言勉励;我要感谢雷锋生前所在部队纪念馆原馆长张维祥,这个给人温暖和力量的老兵,为我提供了大量雷锋生前的资料和照片,使得我对雷锋的讲述更加丰润;我要感谢抚顺市雷锋纪念馆研究员朱薇,她戴着眼镜帮我校对史料,在茫茫的时空中,帮助纠正文字上的偏差,使得雷锋的形象具体而真实；我要感谢国家一级作家李浩、军旅作家胡顺成，他们为我提供文字上中肯的建议，使得讲述更有力量；我要感谢抚顺雷锋纪念馆、湖南雷锋纪念馆、雷锋生前所在部队纪念馆、鞍钢雷锋纪念馆的支持；我还要感谢第 25 任雷锋班班长毕万昌和原雷锋生前所在部队解说员徐璐，他们让我更多地了解雷锋，让我更能"真实"地触摸到那个可爱的身影、可爱的灵魂。最后，我要感谢我的责任编辑岳虹，是她给了我自信和勇气，让我将这些关于雷锋的故事顺利讲完。

  我知道，书中一定还有不翔实的地方，也有很多没有写到位的地方。不过，这些不会掩盖雷锋的光芒，雷锋一直站在那里，无惧时间的流逝，用清澈的双眸注视着大地，用永恒的爱温暖着人间。

  我想，我和雷锋的相遇只是一个开始，这个影响了一代又一代的精神记忆，将延续影响我的一生，以及更多人的一生。

2020 年 12 月 31 日

（京）新登字083号

图书在版编目（CIP）数据

雷锋：毛主席的好战士/胡月著.—北京：中国青年出版社，2021.7
（2025年2月重印）
（人民英雄：国家记忆文库）
ISBN 978-7-5153-6398-1

Ⅰ.①雷… Ⅱ.①胡… Ⅲ.①报告文学—中国—当代 Ⅳ.①I25

中国版本图书馆CIP数据核字（2021）第088574号

本书得到抚顺雷锋纪念馆、湖南雷锋纪念馆、雷锋生前所在部队纪念馆、鞍钢雷锋纪念馆支持。特此致谢！

责任编辑	岳 虹
装帧设计	瞿中华
内文设计	李 平
出版发行	中国青年出版社
社 址	北京市东城区东四十二条21号
网 址	www.cyp.com.cn
门 市 部	010-57350370
编 辑 部	010-57350402
印 刷	北京中科印刷有限公司
经 销	新华书店
规 格	880mm×1230mm 1/32
印 张	8.375
字 数	172千字
版 次	2021年9月北京第1版
印 次	2025年2月北京第3次印刷
印 数	8001-11530册
定 价	32.00元

本图书如有印装质量问题，请凭购书发票与质检部联系调换　联系电话：（010）57350337